汪曾祺经典

游踪行旅亦有趣

汪曾祺 著

主编 陈其昌
顾问 汪 朗

译林出版社

图书在版编目（CIP）数据

游踪行旅亦有趣 / 汪曾祺著. —南京：译林出版社，2020.7
（汪曾祺经典）
ISBN 978-7-5447-8160-2

I. ①游… II. ①汪… III. ①中国文学 - 当代文学 - 作品综合集
IV. ①I217.2

中国版本图书馆CIP数据核字（2020）第 029809 号

游踪行旅亦有趣　汪曾祺／著

责任编辑　王兰英
特约编辑　时音菠
装帧设计　鹏飞艺术
校　　对　刘文硕
责任印制　贺　伟

出版发行　译林出版社
地　　址　南京市湖南路 1 号 A 楼
邮　　箱　yilin@yilin.com
网　　址　www.yilin.com
市场热线　010-85376701
排　　版　鹏飞艺术
印　　刷　山东临沂新华印刷物流集团有限责任公司
开　　本　960 毫米 ×640 毫米　1/16
印　　张　11.5
版　　次　2020 年 7 月第 1 版　2020 年 7 月第 1 次印刷
书　　号　ISBN 978-7-5447-8160-2
定　　价　35.80 元

摄于一九九四年

前 言

一九九八年五月十八日，在鲁迅纪念馆，由北京市作协和高邮市人民政府联合主办的座谈会上，现任中国文联主席和中国作协主席铁凝为高邮市汪曾祺文学馆题写了“永远怀念汪曾祺老”。

铁凝主席称：“他像一股清风刮过当时的中国文坛，在浩如烟海的短篇小说里，他那些初读似水、再读似酒的名篇，无可争辩地占据着独特隽永、光彩常在的位置。能够靠纯粹文学本身而获得无数读者长久怀念的作家是幸福的。”

他就是他自己，一个从容的“东张西望着，走在自己的路上的可爱的老头。这个老头，安然迎送着每一段或寂寞或热闹的时光，用自己诚实而温馨的文字，用那些平凡而充满灵性的故事，抚慰着常常焦躁不安的世界”。我们认为，铁凝主席的题词和讲话，浓缩了汪老的为人为文的特点和内涵，以及在当代文坛不可替代的位置。

作为汪曾祺研究会会长，陆建华是长期研究汪曾祺的一个标杆。他概括过汪老的文学成就，大意是汪老把中断多年的现代抒情小说这条文学史线索又联系起来，且有自己的追求；汪老的作品显示了旺盛的生命力，继承与发扬民族文化传统对丰富与发展中国当代文学具有重大的现实意义；汪老梦萦故乡的作品以平民的视角写下了脍炙人口的名篇，一直受到广大读者的好评，其“身后文”受到持久不衰的欢迎，这在文学界是少见的。

被评为“扬州五十位文化名人”的朱延庆，说汪老作品中的人和事都有水气，平静如水，流动如水，明澈如水，变化如水，然而有涟漪，甚至波涛。水本无色，而色最丰；水本无形，而形最多。汪老的作品展现了平淡、自然、温和、隽永、五彩缤纷、无穷无尽的世界。我以为，朱公的评述中肯得体，是与汪老自述的“我的家乡是一个水乡，我是在水边长大的。耳目之所接，无非是水。水影响了我的性格，也影响了我作品的风格”一脉相承的，什么高雅、狷介、域外的清风，都与水的变化无常息息相关。正因如此，汪老的作品根植于中华民族优秀文化传统的厚土，又展示了二十世纪现当代百姓的生活画卷。

又如著名文学评论家王干所评：“汪曾祺的文字如秋月当空，明净如水，一尘不染，读罢，心灵如洗。”

在汪老百年诞辰之际，我们愿意跻身如林书海，推出“汪曾祺经典”丛书，既表达我们一“汪”情深，又旨在“传薪光潜德，瞩望在后生”，让汪味的作品得以广泛流传，任人选读，赏心悦目。我们愿以纪念汪老逝世二十周年的祭文作结。

汪公曾祺，星斗其文。爱国爱乡，赤子其人。

文学大家，学贯古今。才华盖世，四海清芬。

大师教诲，刻骨铭心。拜师从文，于师不逊。

佳作精品，妙手绘春。《受戒》传播，天籁之声。

书画诗文，草木有魂。塑造形象，入木三分。

人性为本，真情传神。有益世道，一往情深。

教化人心，隽永天真。乐为人间，频送小温。

瞩望后生，辛勤耕耘。兀兀穷年，久久滋润。

曾祺辞世，佳话遗痕。祭奠汪公，泪不能禁。

魂萦梦绕，不忘汪恩。桑梓乡亲，永远前进。

陈其昌

二〇一九年十二月六日

目录

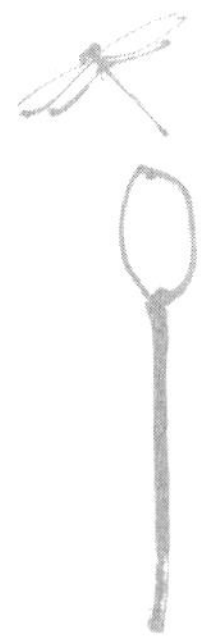

代序

重过沙岭子

二十三年弹指过，悠悠临水过洋河。
风吹杨树加拿大，雾湿葡萄波尔多。
白发故人还相识，谁家稚子学唱歌。
曾历沧桑增感慨，相期更上一层坡。

离开此地已二十三年矣！
晤诸旧识，深以为快。
一九八三年六月廿三日

汪曾祺

鹿井丹泉

"鹿井丹泉"是"秦邮八景"中的一景，遗址在今南石桥南。

有一少年比丘，名叫归来，住在塔院深处，平常极少见人。归来仪容俊美，面如朗月，眼似莲花，如同阿难——阿难在佛弟子中俊美第一。归来偶或出寺乞食，游春士女有见之者，无不赞叹，说："好一个漂亮和尚！"

归来饮食简单，每日两粥一饭，佐以黄齑苦荬而已。

出塔院门，有一花坛，遍植栀子。花坛之外为一小小菜园。菜园外即为荆棘草丛，苍茫无际，并无人烟。花坛菜圃之间有一石栏方井，井栏洁白如玉，水深而极清，归来每天汲水浇花灌园。

当归来浇灌之时，有一母鹿，恒来饮水。久之稔熟，略无猜忌。

一日，归来将母鹿揽取，置之怀中，抱归塔院。鹿毛柔细温暖，归来不觉男根勃起，伸入母鹿腹中。归来未曾经此况味，觉得非常美妙。母鹿亦声唤嘤嘤，若不胜情。事毕之后，彼此相看，不知道他们做了一件什么事。

不久，母鹿胸胀流奶，产下一个女婴。鹿女面目姣美，略似其父，而行步姗姗，犹有鹿态，则似母亲。一家三口，极其亲爱。

事情渐为人知，嘈嘈杂杂，纷纷议论。

当浴佛日，僧众会集，有一屠户，当众大声叱骂：

“好你个和尚！你玩了母鹿，把母鹿肚子玩大了，还生下一个鹿女！鹿女已经十六岁，你是不是也要玩她？你把鹿女借给弟兄们玩两天行不行？你把鹿女藏到哪里去啦？”

说着以手痛掴其面，直至流血。归来但垂首趺坐，不言不语。

正在众人纷闹，营营訇訇，鹿女从塔院走出，身着轻绡之衣，体被璎珞，至众人前，从容言说：“我即鹿女。”

鹿女拭去归来脸上血迹，合十长跪。然后姗姗款款，步出塔院之门，走入栀子丛中，纵身跃入井内。

众人骇然，百计打捞，不见鹿女尸体，但闻空中仙乐飘飘，花香不散。

当夜归来汲水澡身讫，在栀子丛中累足而卧。比及众人发现，已经圆寂。

按：此故事在高邮流传甚广，故事本极美丽，但理解者不多。传述故事者用语多鄙俗，屠夫下流秽语尤为高邮人之奇耻。因此改写。

一九九五年春节

注释

原载《上海文学》一九九五年第七期。

耿庙神灯

我的家乡的“八景”（鲁迅说中国人有八景癖）多半跟水有关系，而且都是些浪漫主义的想象，真要跑到那个景点去，是什么也看不到的。“耿庙神灯”就是这样。

耿七公是有这个人的，他住在运河东堤上。他是个医生，给人治病。但又似一个神仙。说是他常坐在一个蒲团上，在高邮湖上漂。某年，运河决口，修筑河堤，水急，合不了龙，七公把蒲团往河里一丢，水一时断流，龙遂合。

有一点大概是可靠的：耿七公在他家门前立一根很高的旗杆，每天晚上挂一串红灯，为夜行的舟船指路。

耿七公死了，红灯长在。每到大风大雨之夜，湖里的船不辨东南西北，在风浪里乱转，这时在浓云密雨中就会出现红灯，有时三盏，有时七盏，飘飘忽忽，上上下下。迷路的船夫对着红灯划去，即可平安到岸。

这就是“耿庙神灯”。

七公是船户和渔民的保护神。他们在沙堤上为他立了一座小庙，叫“七公殿”。渔民每年要做“七公会”，大香大烛，诚心礼拜，很隆重。

七公殿离御码头不远，我小时候去玩过。现在已经没有了，不过七公殿这个地名还有。渔民现在每年还做七公会。

耿庙神灯，美丽的灯。

露筋晓月

——故乡杂忆

“秦邮八景”中我最不感兴趣的是“露筋晓月”。我认为这是对我的故乡的侮辱。

有姑嫂二人赶路，天黑了，只得在草丛中过夜。这一带蚊子极多，叮人很疼。小姑子实在受不了。附近有座小庙，小姑子到庙里投宿。嫂子坚决不去，遂被蚊虫咬死，身上的肉都被吃净，露出筋来。时人悯其贞节，为她立了祠，祠曰露筋祠。这地方从此也叫作露筋。

这是哪个全无心肝的卫道之士编造出来的一个残酷惨厉的故事！这比“饿死事小，失节事大”还要灭绝人性。

这故事起源颇早，米芾就写过《露筋祠碑》。

然而早就有人怀疑过。欧阳修就说这不合情理：蚊子怎么多，也总能拍打拍打，何至被咬死？再说蚊子只是吸人的血，怎么会把肉也吃掉，露出筋来呢？

我坐小轮船从高邮往扬州，中途轮机发生故障，只能在露筋抛锚修理。

高邮湖上的蓝天渐渐变成橙黄，又渐渐变成深紫，暝色四合，令人感动。我回到舱里，吃了两个夹了五香牛肉的烧饼，喝了一杯茶，把行李里带来的珠罗纱蚊帐挂好，躺了下来，不大会儿，就睡着了。

听到一阵嘤嘤的声音，睁眼一看：一个蚊子，有小麻雀大，正把它的长嘴从珠罗纱的窟窿里伸进来，快要叮到我的赤裸的胳臂。不过它太大了，身子进不来。我一把攥住它的长嘴，抽了一根棉线，把它的长嘴拴住，棉线的一端压在枕头下。蚊子进不来又飞不走，就在帐外狠狠拍扇翅膀，这就好像两把扇子往里吹风。我想：这不赖，我可以凉凉快快地睡一夜。

一个声音，很细，但是很尖：

“哥们！”

这是蚊子说话哪，——“哥们”？

“哥们，你为什么把我拴住？”

“你是世界上最可恨的东西！你们为什么要生出来？”

“我们是上帝创造的。”

“你们为什么要吸人的血？”

“这是上帝的意旨。”

“为什么咬得人又疼又痒？”

“不这样人怎么能记住他们生下来就是有罪的？”

“咬就咬吧，为什么要嗡嗡叫？”

“不叫，怎么能证明我们的存在？”

“你们真该统统消灭！”

“你消灭不了！”

“我现在就要把你消灭了！”

我伸开两手，隔着蚊帐使劲一拍。不料一欠身，线头从枕头下面脱出，蚊子带着一截棉线飞走了。最可气的是它还回头跟我打了个招呼：“拜拜！你消灭不了我们，我们是国家一级保护动物！”

一声汽笛，我醒了。

晓月朦胧，露华滋润，荷香细细，流水潺潺。

轮机已经修好了。又一声长长的汽笛，小轮船继续完成未尽的航程。

我靠着船栏杆，想起王士祯的《再过露筋祠》诗：“……门外野风开白莲。”

一九九三年四月二十日

注释

原载《鸭绿江》一九九三年第九期。

甓射珠光

我小时学刻图章，第一块刻的是长方形的阳文：“珠湖人”。

沈括《梦溪笔谈》：

> 嘉祐中，扬州有一珠甚大，天晦多见。初出于天长县陂泽中，后转入甓射湖，又后乃在新开湖中，凡十余年，居民行人，常常见之。予友人书斋在湖上，一夜忽见其珠甚近。初微开其房，光自吻中出，如横一金线；俄顷忽张壳，其大如半席，壳中白光如银，珠大如拳，烂然不可正视，十余里间林木皆有影，如初日所照，远

处但见天赤如野火；倏然远去，其行如飞，浮于波中，杳杳如日。古有明月之珠，此珠殊不类月，荧荧有芒焰，殆类日光。崔伯易尝为《明珠赋》。伯易，高邮人，盖常见之。近岁不复出，不知所往。樊良镇正当珠往来处，行人至此，往往维船数宵以待现，名其亭为“玩珠”。

这就是所谓“甓射珠光”。甓射湖即高邮湖。“甓射珠光”是“秦邮八景”之一，甚至是八景之首。因为曾经有过那么一颗珠子，高邮湖又称“珠湖”。这个地名平常不大有人用，只有画家题画时偶尔一用。

关于这颗珠子最早的记载大概是沈括的《梦溪笔谈》（崔伯易的《明珠赋》今不传）。这则笔谈不但详细，而且写得非常生动，使人有如目睹。“十余里间林木皆有影，如初日所照，远处但见天赤如野火；倏然远去，其行如飞，浮于波中，杳杳如日。”这是何等神奇的景象呵！我们小时候都听大人谈过这颗神珠，与《笔谈》所记相差不多，其所根据，大概也就是《笔谈》。高邮人都应该感谢沈括，多亏他记载了这颗珠子，使我们的家乡多了一笔美丽的虹彩。否则，即使口耳相传，一代又一代，因为不曾见诸文字，听的人也是不会相信的，因为这颗珠子实在太“神”了。

沈括的记载大概是可靠的。沈括是个很严肃的人，《笔谈》虽亦记“神奇”“异事”，但他不是专门搜神志怪的人，即使是神奇、异事，也多有根据，不是道听途说，捕风捉影。这则《笔谈》所以可信，一是有准确的时间，“嘉祐中”（距今约九百三十年）；二是他是亲自听“友人”说的。这位友人不会造谣。

这究竟是什么东西？曾经有人写过一篇文章，认为这是从外星发来的异物，地球上是不可能有发出那样的强光，其行如飞的东西的。这只是猜测。我宁可相信，这就是一颗很大的珠子。这颗大珠子早已不知所往，不会再出现了（多么神奇的珠贝也活不到九百多年）。但是它会永远存在于人们的想象之中。在修县志时也不妨仍然把“甓射珠光”这个事实上不存在的一景列入“八景”之中。珠子没有了，湖却是在的。

我刻的那块“珠湖人”的图章早已不知去向。我还记得图章的样子，长一寸，阔三分，是 块肉红色的寿山石。

一九八八年十月八日

注释

原载一九八八年十一月十七日《中国物资报》。

大地

祈祷

从乌鲁木齐往吐鲁番，汽车以每小时八十公里的速度在戈壁滩上飞驰，车轮好像不着地。戈壁很大，很平，表层覆盖一层黑白相间、黄豆大的沙砾，铺得非常均匀。戈壁上没有生命。没有动物，没有鸟，不长草，连“梭梭”都不见一丛，非常荒凉，一种难以想象的荒凉，好像这是另外一个星球。

到吐鲁番了。景象变了。有树，有街道房屋，有店铺，有人。吐鲁番没有雨，也没有风，空气闷闷的。我们都有点恍惚。在戈壁上飞驰时，我们没有想到戈壁尽头是这样一块绿洲——我们这才体会到什么是“绿洲”。我们像做梦。是吐鲁番像梦，还是刚才驰过的戈壁像梦？

从叶鲁番返回乌鲁木齐，太阳已经偏西。戈壁依然是那样一望无际，一样荒凉——使人产生神秘感的荒凉。从汽车里远远看见两个维吾尔族人在祈祷。他们都穿了长过膝盖的黑白相间的条纹的长袍——“袷袢”。一个瘦高，一个稍矮。他们在西逝的阳光里肃立着，微微低了头，一动不动。虽然隔着很远，但仍可以感觉到他们的虔诚。

这两个在戈壁滩上西逝的阳光中站立着祈祷的穆斯林使我深受感动。

雹　子

我到坝上沽源马铃薯研究站去画一套《中国马铃薯图谱》。

有一天，有一个干部从正蓝旗骑马到“站”里来办事，马拴在“拴马桩”上。这是一匹黑马，很神骏。我忽然想试试骑骑马。我已经二十年没有骑马了。起初有点胆怯，但是这匹马走得很稳，地又很平，于是我就放胆撒开缰绳让马飞奔起来。坝上的地真是大地，一眼望不到边，长着干净得水洗过一样整齐的“碱草”，种着大片大片的莜麦。要问坝上的地块有多大？有一个农民告诉我：有一个汉子牵了一头母牛去犁地，犁了一垄，回来时母牛带回了一个牛犊子，已经三岁了！在这样平坦的大地上驰马，真是痛快。

变天了！黑云四合，速度很快，顷刻之间已到头顶。黑云绞扭着，翻腾着，扩散着，喷射着，雷鸣电闪，很可怕。不断变化着的浓云，好像具有一种超自然的、不可抗拒的威力，让人感到这是天神在发怒。这是雹子云。我早就听说过坝上的雹子很厉害，能有鸡蛋大，曾经砸死过牛，也砸死过人。

我赶紧扯动缰绳，夹紧了马肚子，飞奔着赶回马铃薯研究站。刚才还是明晃晃的太阳，霎时变得天昏地暗，几乎不辨五指。在黑沉沉的大地上飞驰，觉得我的马和我自己都很小。

雪　湖

下了两天雪，运河封了冻，轮船不能开，我们决定“起旱”——从陆上步行。我们四个人，我——一个放寒假回家的中学生，那三个是跑生意的买卖人。到了邵伯，他们建议“下湖”，从高邮湖上斜插到高邮。他们是老江湖，从湖上起旱已经不止一次，路很熟，远远的湖边的影影绰绰的村子，他们都能指认得出来。对我却是一种新鲜的经验。雪还在下，虽然不大，但是湖面洁白如玉，真是“白茫茫一片大地真干净”。

“高邮到邵伯，六十六”，斜插走湖面，也就是四五十里，今天下晚到高邮，没有问题。因此那三位跑生意的买卖人并不着急赶路。他们走一截，就停下来等等我。见我还不上来，他们就在结了冰、落了雪的湖面上坐下来吃牛肉干，喝酒。

我穿了棉衣棉裤，戴了一种护耳的毡帽——这种毡帽叫作“锅腔子”，还有个不好听的名字，叫“狗套头”。走了一程，哈气蒸到“狗套头”的帽檐，结冰。

我筋力还好，没有成了三位买卖人的累赘（他们对于“学生子”是很照顾的）。

看见琵琶闸了，县城已经不远。

琵琶闸外的河堤上，无人家，无店铺，只有一个小饭店。

我走进小饭店。小饭店只有一张桌子。墙上贴了一副写在“梅红纸”上的小对联，八个大字：

家常便饭

随意小酌

一九九四年八月

注释

原载《大地》一九九四年第九期。

家书

“又是花园去了，不弄得一身绿不回来。……”

我仿佛躲在窗台下，咬着舌头听过这些话，然后轻轻地蹑足走进房间里，用一个笑等待被发现。忽然从背后抽出一枝花。我喜欢红花，但是抽的一枝玉色的，我的头发乱了，我得去梳，头发软软的，说明一切感觉。

我想我开始留意呵，应是在我们那个花园里。我记不起什么时候我第一次走到花园里去。但我觉得我那一身绿。我到花园里去，并非想去得到些什么，好像我就只为了到那里面去。我知道那是我们的家的一部分，而那边却不住人，我就得去，像许多以过程为完成的探险家一样。我也不知道我在里面做些什么，可是一进去，就是半天。我们所玩的事物无非还是在家里玩的，但是在家里玩就不会需要那么些时候。

——一身绿，一身绿，那是千真万确的。小孩子对于草的兴趣远比对于花的大得多。草是床，是凳子，可以从心所欲作为一切的东西。我的肘弯膝盖，凡是衣服容易破的地方，沾染草汁尤其甚多。巴根草带红色的茎很顽强，把我的鞋底磨得很滑，还发青黑色的光，我老怀疑巴根草里有铁。但他们不会注视我的鞋底。

我们家里很静。我很能分辨这种静与我们小学校课堂里的静不同，我们小心藏住自己的声音，就像藏住口袋里一只黄嘴的麻雀一样。好在这是有限度的。先生说，你们一齐读罢："亚洲的东边……""纪元前四百七十一年……"我们的声音里有共同的欢喜，一面读，一面听。听下课铃就要响了。可是家里和学校里不同，静不为我们所有，我们是属于静的，一种没有起始也不会结束的静。我是喜欢这种静的，它那么温和，那么精致，又那么忧郁。

什么都很好。我喜欢父亲翻书的声音，从那声音里，我觉得书页极薄，而且像微干的鸡蛋壳里的那层膜子那么白。青销子鸟在青玉池里洗澡了，一团小雾在阳光里，阳光里有一道浅虹。这些，只如水面上的一个水纹，消失与产生一样自然。而晚上，灯光把帘子的影子铺在地上，我常想我在帘影里。似乎我便不在其他之中了。后来我想我至少还在静的里面。

但是我分不出花园里的静与家里的静有什么不同。虽然我知道，很确信不移，那是不同的。我想找一个理由解释这个不同，可是除了那里面没有人之外，我找不出更好的解释了。

围墙外面是一个狭长的天井。天井两端种了一棵桂花和一棵玉兰。风吹在两棵树的叶子上发出不同的声音，曾经想移到园里去，免得寒天不住掉叶子。祖父说，“老了不行了”，不知哪一年上竟毫无预备地死了。即在生前，也似乎很少开过花。

这个天井是“站砖”铺的，颜色比别处深得多。因为狭长风少，夏天我们不到这里乘凉。用人在这里洗衣服，故终年有肥皂气味。

总之我不喜欢这个地方。不会在这里连缱而把到花园去的念头消化了。有一阵我在这里捉到好些好些黑芦蜂，但我愿把这个记忆放在园里。

注释

原载一九四三年七月二十四日《春秋导报》。

风景

一、堂倌

我从来没有吃过好坛子肉，我以为坛子里烧的肉根本没有什么道理。但我所以不喜欢上东福居倒不是因为不欣赏他们家的肉。年轻人而不能吃点肥肥的东西，大概要算是不正常的。在学校里吃包饭，过个十天半月，都有人要拖出一件衣服，挟两本书出去换成钱，上馆了里补一下。一商量，人家都赞成东福居，因为东福居便宜，有“真正的肉”。可是我不赞成。不是闹别扭，坛了肉总是个肉，而且他们那儿的馒头真不小。我不赞成的原因是那儿的一个堂倌。自从我注意上这个堂倌之后，我就不想去。也许现在我之对坛子肉失去兴趣与那个堂倌多少有点关系。这我自己也闹不清。我那么一说，大家知道颇能体谅，以后就换了一家。

在馆子里吃东西而闹脾气是最无聊的事。人在吃的时候本已不能怎么好看，容易教人想起野兽和地狱。（我曾见过一个瞎子吃东西，可怕极了。他是"完全"看不见。幸好我们还有一双眼睛！）再加上吼啸，加上粗脖子红脸暴青筋，加上拍桌子打板凳，加上骂人，毫无学问地，不讲技巧地骂人，真是不堪入画。于是堂倌来了，"你啦你啦"赔笑脸。不行，赶紧，掌柜挪着碎步子（可怜他那双包在脚布里的八字脚），呵着腰，跟着客人骂，"岂有此理，是，混蛋，花钱是要吃对味的！"得，把先生武装带取下来，拧毛巾，送出大门。于是，大家做鬼脸，说两句俏皮话，泔水缸冒泡子，菜里没有"青香"了，聊以解嘲。这种种令人觉得生之悲哀。这，哪一家都有，我们见惯了，最多少吃半个馒头，然而，要是在饭馆里混一辈子？……

这个堂倌，他是个方脸，下颚很大，像削出来的。他剪平头，头发老是那么不长不短。他老穿一件白布短衫。天冷了，他也穿长的，深色的，冬天甚至他也穿得厚厚的。然而换来换去，他总是那个样子。他像是总穿一件衣裳，衣裳不能改变他什么。他衣裳总是干干净净。—— 我真希望他能够脏一点。他绝不是自己对干干净净有兴趣。简直说，他对世界一切不感兴趣。他一定有个家的，我想他从不高兴抱抱他孩子。孩子他抱的，他太太让他抱，他就抱。馆子生意好，他进账不错。可是拿到钱他也不欢喜。他不抽烟，也不喝酒！他看到别人笑，别人丧气，他毫无表情。他身子大大的，肩膀阔，可是他透出一种说不出来的疲倦，一种深沉的疲倦。座上客人，花花绿绿，发亮的，闪光的，醉人的香，刺鼻的味，他都无动于衷。他眼睛空漠漠的，不看任何人。他在嘈乱之中来去，他不是走，是移动。他对他的客人，不是恨，也不轻蔑，他讨厌。连讨厌也没有了，好像教许多蚊子围了一夜的人，根本他不大在意了。他让我想起死！

“坛子肉，”

“唔。”

“小肚，”

“唔。”

“鸡丝拉皮，花生米辣白菜……”

“唔。”

“爆羊肚，糖醋里脊，——”

“唔。”

“鸡血酸辣汤！”

“唔。”

说什么他都是那么一个平平的，不高，不低，不粗，不细，不带感情，不作一点装饰的“唔”。这个声音让我激动。我相信我不大忍得住了，我那个鸡血酸辣汤是狂叫出来的。结果怎么样？我们叫了水饺，他也唔，而等了半天（我不怕等，我吃饭常一边看书一边吃，毫不着急，今日我就带了书来的）。座上客人换一批又一批，水饺不见来。我们总不能一直坐下去，叫他！

“水饺呢？”

“没有水饺。”

“那你不说？”

“我对不起你。”

他方脸上一点不走样，眼睛里仍是空漠漠的。我有点抖，我充满一种莫名其妙的痛苦。

二、人

我在香港时全像一根落在泥水里的鸡毛。没有话说，我沾湿了，弄脏了，不成样子。忧郁，一种毫无意义的忧郁。我一定非常丑，我脸上线条零乱芜杂，我动作萎靡鄙陋，我不跟人说话，我若一开口一定不知所云！我真不知道我怎么把自己糟蹋到这种地步。是的，我穷，我口袋里钱少得我要不时摸一摸它，我随时害怕万一摔了一跤把人家橱窗打破了怎么办……但我穷的不只是钱，我失去爱的阳光了。我整天蹲在一家老旧的栈房里，感情麻木，思想昏钝，揩揩这个天空吧，抽去电车轨，把这些招牌摘去，叫这些人走路从容些，请一批音乐家来教小贩唱歌，不要让他们直着脖子叫。而浑浊的海水拍过来，拍过来。

绿的叶子，芋头，两颗芋头！居然在栈房屋顶平台上有两颗芋头。在一个角落里，一堆煤屑上，两颗芋头，摇着厚重深沉的叶子，我在香港第一次看见风。你知道我当时的感动。而因此，我想起我们在德辅道中发现的那个人来。

在邮局大楼侧面地下室的窗穹下，他盘膝而坐，他用一点竹篾子编几只玩意，一只鸟，一只虾，一头蛤蟆。人来，人往，各种腿在他面前跨过去，一口痰唾落下来，嘎啦啦一个空罐头踢过去，他一根一根编缀，按部就班，不疾不缓。不论在工作，在休息，他脸上透出一种深思，这种深思，已成习惯。我见过他吃饭，他一点一点摘一个淡面包吃，他吃得极慢，脸上还保持那种深思的神色，平静而和穆。

三、理发师

我有个长辈，每剪一次指甲，总好好的保存起来。我于是总怕他死。人死了，留下一堆指甲，多恶心的事！这种心理真是难于了解。人为什么对自己身上长出来的东西那么爱惜呢？也真是怪，说起鬼物来，尤其是书上，都有极长的指甲。这大概中外都差不多。同样也是长的，是头发。头发指甲之所以可怕，大概正因为是表示生命的（有人告诉我，死了之后指甲头发都还能长）。人大概隐隐中有一种对生命的恐惧。于是我想起自己的不爱理发。我一觉察我的思想要引到一个方向去，且将得到一个什么不通的结论，我就赶紧把它叫回来。没有那个事，我之不理发与生啊死的都无关系。

也不知是谁给理发店订了那么个特别标记，一根圆柱上画出红蓝白三色相间的旋纹，这给人一种眩晕感觉。若是通上电，不歇地转，那就更教人不舒服。这自然让你想起生活的纷扰来。但有一次我真教这东西给了我欢喜。一天晚上，铺子都关了，街上已断行人，路灯照着空荡荡的马路，而远远的一个理发店标记在冷静之中孤零零地动。这一下子把你跟世界拉得很近，犹如大漠孤烟。理发店的标记与理发店是一个巧合。这个东西的来源如何，与其问一个社会人类学专家，不如请一个诗人把他的想象告诉我们。这个东西很能说明理发店的意义，不论哪一方面的。我大概不能住在木桶里晒太阳，我不想建议把天下理发店都取消。

理发这一行，大概由来颇久，是一种很古的职业。我颇欲知道他们的祖师是谁，打听迄今，尚未明白。他们的社会地位，本来似乎不大高。凡理发师，多世代相承，很少改业出头的，这是一种注定的卑微了。所以一到过年，他们门楣上多贴“顶上生涯”四字，这是一种消极反抗，也正宣说出他们的委屈。别的地方怎样的，我不清楚，我们那里理发师大都兼做吹鼓手。凡剃头人家子弟必先练习敲铜锣手鼓，跟在喜丧阵仗中走个几年，到会吹唢呐笛子时，剃头手艺也同时学成了。吹鼓手呢，更是一种供驱走人物了，是姑娘们所不愿嫁的。故乡童谣唱道：

> 姑娘姑娘真不丑，
> 一嫁嫁个吹鼓手：
> 吃人家饭，喝人家酒，
> 坐人家大门口！

其中“吃人家饭，喝人家酒”，也有唱为“吃冷饭，吃冷酒”的，我无从辨订到底该怎样的。且刻画各有尖刻辛酸，亦难以评其优劣，自然理发师（即吹鼓手）老婆总会娶到一个的，而且常常年轻好看。原因是理发师都干干净净，会打扮收拾；知音识曲，懂得风情；且因生活磨炼，脾性柔和；谨谨慎慎的，穿吃不会成大问题，聪明的女孩子愿意嫁这么一个男人的也有。并多能敬重丈夫，不以坐人家大门口为意。若在大街上听着他在队仗中滴溜溜吹得精熟出色，心里可能还极感激快慰。事实上这个职业被目为低贱，全是一个错误制度所产生的荒谬看法。一个职业，都有它的高贵。理发店的春联“走进来乌纱宰相，摇出去白面书生”，文雅一点的则是“不教白发催人老，更喜春风满面生”，说得切当。小时候我极高兴到一个理发店里坐坐，他们忙碌时我还为拉那种纸糊的风扇。小时候我对理发店是喜欢的。

等我岁数稍大，世界变了，各种行业也跟着变。社会已不复是原来的社会，差异虽不太大，亦不为小。其间有些行业升腾了，有些低落下来。有些名目虽一般，性质却已改换。始终依父兄门风、师傅传授，照老法子工作，老法子生活的，大概已颇不多。一个内地小城中也只有铜匠的、锡匠的特别响器，瞎子的铛，阉鸡阉猪人的糖锣，带给人一分悠远从容感觉。走在路上，间或也能见一个钉碗的，之故之故拉他的金刚钻；一个补锅的，用一个布卷在灰上一揉，托起一小勺殷红的熔铁，嗤的一声焊在一口三眼灶大黑锅上；一个皮匠，把刀在他的脑后头发桩子上光一光，这可以让你看半天。你看他们工作，也看他们人。他们是一种“遗民”，永远固执而沉默地慢慢地走，让你觉得许多事情值得深思。这好像扯得有点嫌远了。我只是想变动得失于调节，是不是一个问题。自然医治失调症的药，也只有继续听他变。这问题不简单，不是我们这个常识脑子弄得清楚的。遗憾的是，卷在那个波浪里，似乎所有理发师都变了气质，即使在小城里，理发师早已不是那种谦抑的、带一点悲哀的人物了。理发店也不复是笼布温和的、在黄昏中照着一块阳光的地方了。这见仁见智，不妨各有看法。而我私人有时是颇为不甘心的。

现在的理发师，虽仍是老理发师后代，但这个职业已经“革新”过了。现在的理发业，跟那个特别标记一样是外国来的。这些理发店与“摩登”这个名词不可分，且俨然是构成“摩登”的一部分，是“摩登”本身。在一个都市里，他们的势力很大，他们可以随便教整个都市改观，只要在那里多绕一个圈子，把那里的一卷翻得更高些。嘻，理发店里玩意儿真多，日新月异，愈出愈奇。这些东西，不但形状不凡，发出来的声音也十分复杂，营营扎扎，呜呜拉拉。前前后后，镜子一层又一层反射，愈益加重其紧张与一种恐怖。许多摩登人坐在里面，或搔首弄姿，顾盼自怜，越看越美；或小不如意，怒形于色，脸色铁青；焦躁，疲倦，不安，装模作样。理发师呢，把两个嘴角向上拉，拉，唉，不行，又落下去了！他四处找剪子，找呀找，剪子明明在手边小几上，他可茫茫然，已经忘记他找的是什么东西了，这时他不像个理发师。而忽然醒来了，操起剪子咔嚓咔嚓动作起来。他面前一个一个头，这个头有几根白发，那个秃了一块，嗨，这光得像个枣核儿，那一个，怎么回事，他像是才理了出去的？咔嚓咔嚓，他耍着剪子，忽然，他停住了，他努目而看着那个头，且用手拨弄拨弄，仿佛那个头上有个大蚂蚁窝，成千成万蚂蚁爬出来！

于是我总不大愿意上理发店。但还不是真正原因。怕上理发店是"逃避现实"，逃避现实不好。我相信我神经还不衰弱，很可以"面对"。而且你不见我还能在理发店里看风景么？我至少比那些理发师耐得住。不想理发的最大原因，真正原因，是他们不会理发，理得不好。我有时落落拓拓，容易为人误认为是一个不爱惜自己形容的人，实在我可比许多人更讲究。这些理发师既不能发挥自己才能，运巧思，也不善利用材料，不爱我的头。他们只是一种器具使用者，而我们的头便不论生张熟李，弄成一式一样，完全机器出品。一经理发，回来照照镜子，我已不复是我，认不得自己了，镜子里是一个浮滑恶俗的人。每一次，我都愤恼十分，心里充满诅咒，到稍稍平息时，觉得我当初实在应当学理发去，我可以做得很好，至少比我写文章有把握得多。不过假使我真是理发师……会有人来理发，我会为他们理发？

人不可以太倔强，活在世界上，一方面须要认真，有时候只能无所谓。悲哉。所以我常常妥协，随便一个什么理发店，钻进去就是。理发师问我这个那个，我只说“随你！”忍心把一个头交给他了。

我一生有一次理了一个极好的发。在昆明一个小理发店。店里有五个座位，师傅只有一个。不是时候，别的出去了。这师傅相貌极好。他的手艺与任何人相似，也与任何人有不同处：每一剪子都有说不出来的好处，不夸张（这是一般理发师习气），不苟且（这是一般理发师根性），真是举刀骤然，音节轻快悦耳。他自己也流溢一种得意快乐。我心想，这是个天才。那是一个秋天，理发店窗前一盆蝼爪菊花，黄灿灿的。好天气。

一九四六年十月十四日写成，上海

注释

原载一九四六年十月二十五日、二十六日《文汇报》。

室外写生

一、白马庙

我在昆明住了好几年。在昆明，差不多每年都要上西山去次把。多多少少，并没有一定，去也多半是偶然去的，从来没有觉得非去不可；但或春或秋，得少闲逸，周围便有许多上西山去的可能漂浮起落，很容易就实现了一两次。也许有几年是根本没有去，记不清了。但这没有关系，这种事情上很可以用到“平均”的办法。在昆明住而没有上西山去过的，想必不多吧。

西山回来必经过白马庙。——去的时候自然也经过，但你不大会注意，你专心一意于西山。

从山上回来总有点累。不很累，一点点，因为爬了山，走了不少路；也因为明天你马上又将不爬山，不走路：你又“回来”了，又投回你的一成不变的生活。明天你又将坐在写字桌边，又将吃那位“毫无想象”的大师傅烧出来的饭菜，又将与那些熟脸见面，招呼，（有几个现在就在你旁边，在一条船上！）你的脚就要踏上岸，“生活”在那儿等着你。你帖然就范，不想反抗。但是，你有点惘然。这点惘然就是你的反抗了，你的一点残余的野劲。而如果有人问你为什么靠着船篷，看着天边，抱着头，半天不说话，你只说是有点累了。是的，你有点累。你也太放不开，怎么老摸你的房门的钥匙，船上摸，甚至山上也摸。倒好像你真急于想在你那把极有个性而十分亲切的椅子上抽一根烟。于是你直惦记着白马庙。到白马庙，就快了。我们常常把期待终点的热心移注于终点前一站。火车上有人老是焦急地看着窗外，等过了某一地段，他扣好衣服，戴上帽子，松了肌肉，舒舒服服地坐下来，这比下车到家更重要，简直像火车永远不开到他也不在乎似的。就是如此，在昆明的人多知道白马庙。到白马庙，望得见城中的万家灯火。

没有想到，我后来住到白马庙来。我在白马庙住了半年多。

搬到白马庙，我很欢喜。马车载着我们的行李，载着书，载着小鸡，载着开石瓶里的一枝花，冯家迷迷在我膝上，孩子抱着她的猫。当时我是坐着，而活泼得如一头小马。这些树，这个埠头，这条路，旧围墙里一直还是长满蒲公英，这个铁门多少年没有开过，这间淡紫色的（房子）倩雅，这个浅灰色的则端庄而大方，这些我们全都很熟悉。而我们将住到那座孤立在田地里的小小的房子里去，这座房子式样极其别致，像童话插图，我们在船上曾经指点过多少次。有人问搬到了什么地方，一说起，一定全知道。这个房子将吸引朋友们来看我。我兴致冲冲，直想跟什么人大声说一句“天气真好”——我满目含情，望着那座桥。——我们从西山回来看白马庙，实在是看那座桥。桥是个记认，没有桥，白马庙不成其为白马庙似的。每次船从桥下过（人在桥下都有一种奇怪感觉，一种安全之感，像在母亲怀里），我急于想在那个桥上头走一走。

注释

原载《少年读物》一九四七年第四卷第四、五期，未再续。

歌声

醒来，隔壁巷子里有孩子唱歌。

现在大概九点钟光景，家中漆黑。每天吃了晚饭我睡两个钟头，一醒来总是立刻就为整个世界所围绕。在我睡着了时一切都还在进行着的。这几个孩子唱了多少时候歌了？从她们的歌声里有一点天晚了的感觉，可是多不够安定的晚上啊，多不够安定的歌。

唱的是两个女孩子，一个声音高，唱得很有力；一个比较不那么热切，不想争胜，气不大足。两个声音都很扁，仿佛唱的时候嘴都咧得很开。我想一定还有个更小的男孩子，坐在门槛上，虽然他一声不响，可是你听得出歌声里有他。大概是两个女孩子之中一个（大概是那个声音高窄的）的弟弟。这两个孩子必在同一个小学读书，同出同归，唱歌的节拍表情也分明是同一个老师所教，错的地方一样错。那个老师（当然是个女的）对于教音乐，教这般孩子，毫无兴趣。至少这两个她没有兴趣。孩子的爸爸妈妈（尤其是妈妈）更对她们唱歌没有兴趣，冷淡，而且厌烦。这两个孩子也唱得真不好！……

她们一定穿了不合身的衣服，发红的安安蓝布，褪色的花洋纱的裙褂，补过的脏袜子，令人自卑的平凡的布鞋。两个孩子一个都不好看，瘦长的脖子，黄头发，头上汗味很重。有一个扎一个粉红蝴蝶结，但是皱得厉害！那个弟弟，一个大脑袋，傻傻地坐在那儿，不时用手搔头。他头上有小脓疙瘩，身上黏黏的。他也很为姐姐们的歌声所激恼了，虽然有时也还漠然地听着，当他忘记一点自己身上的不快时，他没有非要哭不可的时候，但说是一点都不要哭分明不对。

两个孩子学着她们的先生装模作样的咬字，可是，不知道唱的是什么，只有娃娃宝宝几个字还听得出，因为老是重复唱到。

现在她们会的歌都唱完了，停了一停，又把已经唱过的一首重新唱起来。这样的反复地唱，要唱到什么时候？——这样的唱歌能使她们得到快乐么？她们为什么要唱歌？

我起来。天真闷，气都不大透得过来。什么地方一股抹布气味，要下雨了吧？

注释

原载一九四七年七月十一日上海《大公报》。

礼拜天的早晨

洗澡实在是很舒服的事。是最舒服的事。有什么享受比它更完满，更丰盛，更精致的？——没有。酒，水果，运动，谈话，打猎，——打猎不知道怎么样，我没有打过猎……没有。没有比“浴”更美的字了。多好啊，这么懒洋洋地躺着，把身体交给了水，又厚又温柔，一朵星云浮在火气里。——我什么时候来的？我已经躺了多少时候？——今天是礼拜天！我们整天匆匆忙忙的干什么呢？有什么了不得的事情非做不可呢？——记住送衣服去洗！再不洗不行了，这是最后一件衬衫。今天邮局关得早，我得去寄信。现在——表在口袋里，一定还不到八点罢。邮局四点才关。可是时间不知道怎么就过去了。“吃饭的时候”……“洗脸的时候”……从哪里过去了？——不，今天是礼拜天，杨柳，鸽子，教堂的钟声，教堂的钟声一点也不感动我，我很麻木，没有办法！——今天早晨我看见一棵凤仙花。我还是什么时候看见凤仙花的？凤仙花感动我。早安，凤仙花！澡盆里抽烟总不大方便。烟顶容易沾水，碰一碰就潮了。最严重的失望！把一个人的烟卷浇上水是最残忍的事。很好，我的烟都很好，齐臻臻地排在盒子里，挺直，饱满，有样子。嗒，嗒，嗒，抽出来一支，——舒服！……水是可怕的，不可抵抗，妖浊，我沉下去，散开来，融化了。啊——现在只有我的头还没有湿透，里头有许多空隙，可是与我的身体不相属，有点畸零，于是很重。我的身体呢？我的身体已经离得我很遥远了，渺茫了，一个渺茫的记忆，害过脑膜炎抽空了脊髓的痴人的，又固执又空洞。一个空壳子，枯索而生硬，没有汁水，只是一个概念了。我睡了，睡着了，垂着头，像马拉，来不及说一句话。

（……马拉的脸像青蛙。）

我的耳朵底子有点痒，啊呀痒，痒得我不由自主地一摇头。水摇在我的身体里顶秘奥的地方。是水，是——一只知了叫起来，在那棵大树上（槐树，太阳映得叶子一半透明了），在凤仙花上，在我的耳朵里叫起来。无限的一分钟过去了。今天是礼拜天。可怜虫亦可以休矣，都秋天了。邮局四点关门。我好像很高兴，很有精神，很新鲜。是的，虽然我似乎还不大真实。可是我得从水里走出来了。我走出来，走出来了。我的音乐呢？我的音乐还没有凝结。我不等了。

可是我站在我睡着的身上拧毛巾的时候我完全在另一个世界里了。我不知道今天怎么带上两条毛巾，我把两条毛巾裹在一起拧，毛巾很大。

你有过？……一定有过！我们都是那么大起来的，都曾经拧不动毛巾过。那该是几岁上？你的母亲呢？你母亲留给你一些什么记忆？祝福你有好母亲。我没有，我很小就没有母亲。可是我觉得别人给我们洗脸举动都很粗暴。也许母亲不同，母亲的温柔不尽且无边。除了为了虚荣心，很少小孩子不怕洗脸的。不是怕洗脸，怕唤起遗忘的惨切经验，推翻了推翻过的对于人生的最初认识。无法推翻的呀，多么可悲的认识。每一个小孩子都是真正的厌世家。只有接受不断的现实之后他们才活得下来。我们打一开头就没有被当作一回事，于是我们只有坚强，而我们知道我们的武器是沉默。一边我们本着我们的人生观，我们恨着，一边尽让粗蠢的、野蛮的、没有教养的手在我们脸上蹂躏，把我们的鼻子搓来搓去，挖我们的鼻孔，掏我们的耳朵，在我们的皮肤上发泄他们一生的积怨，我们的颚骨在瓷盆边上不停地敲击，我们的脖子拼命伸出去，伸得酸得像一把咸菜，可是我们不说话。哦，祝福你们有好母亲，我没有，我从来不给给我洗脸的人一毫感激。我高兴我没有装假。是的，我是属于那种又柔弱又倔强的性情的。在胰子水辣着我的眼睛、剧烈的摩擦之后，皮肤紧张而兴奋的时候我有一种英雄式的复仇意识，准备什么都咽在肚里，于是，木了，总有一天，手巾往脸盆里一掼：“你自己洗！”

我不用说那种难堪的羞辱，那种完全被击得粉碎的情形你们一定能够懂得。我当时想什么？——死。然而我不能死。人家不让我们死，我不哭。也许我做了几个没有意义的举动，动物性的举动，我猜我当时像一个临枪毙前的人。可是从破碎的动作中，从感觉到那种破碎，我渐渐知道我正在恢复；从颤抖中我知道我要稳定，从瘫软中我站起来，我重新有我的人格，经过一度熬炼的。

可是我的毛巾在手里，我刚才想的什么呢；我跑到夹层里头去了，我只是有一点孤独，一点孤独的苦味甜蜜地泛上来，像土里沁出水分。也许因为是秋天。一点乡愁,就像那棵凤仙花。——可是洗一个脸是多累人的事呀。你只要把洗脸盆搁得跟下巴一样高，就会记起那一个好像已经逝去的阶段了。手巾真大，手指头总是把不牢，使不上劲，挤来挤去，总不对，不是那么回事。这都不要紧。这是一个事实。事实没有要紧的。要紧的是你的不能胜任之感，你的自卑。你觉得你可怜极了。你不喜欢怜悯。——到末了，还是洗了一个半干不湿的脸，永远不痛快，不满足，窝窝囊囊。冷风来一拂，你脸上透进去一层忧愁。现在是九月，草上笼了一层红光了。手巾搭在架子上，一副悲哀的形象。水沿着毛巾边上的须须滴下来，嗒——嗒——嗒——地板上湿了一大块，渐渐地往里头沁，人生多么灰暗。

我看到那个老式的硬木洗脸桌子。形制安排得不大调和。经过这么些时候的折冲，究竟错误在哪一方面已经看不出来了，只是看上去未免僵窘。后面伸起来一个屏架，似乎本是配更大一号的桌子的。几根小圆柱子支住繁重的雕饰。松鼠葡萄。我永远忘不了松鼠的太尖的嘴，身上粗略的几笔象征的毛，一个厚重的尾巴。右边的一只。一个代表。每天早晨我都看它一次。葡萄总是十粒一串，排列是四,三,二,一。每粒一样大。我清清楚楚记得那张桌子的木质，那些纹理，只要远远地让我看到不拘哪里一角我就知道。有时太阳从镂空的地方透过来，斜落在地板上，被来往的人体截断，在那个白地印蓝花的窗帘拉起来的时候。我记得那个厚瓷的肥皂缸，不上釉的牙口摩擦的声音；那些小抽屉上的铜叶瓣，时常丁丁丁自己敲出声音，地板有点松了；那个嵌在屏架上头的椭圆形大镜子，除了一块走了水银的灰红色云瘢之外什么都看不见。太高了，只照见天花板。——有时爬在凳子上，我们从里头看见这间屋子的某部分的一个特写。我仿佛又在那个坚实，平板，充满了不必要的家具的大房间里了。我在里头住了好些年，一直到我搬到学校的宿舍里去寄宿。……有一盏老式的“玻璃灯”挂在天花板上。周围垂下一圈坠子，非常之高贵的颜色。琥珀色的，玫瑰红的，天蓝的，透明的。——透明也是一种颜色。蓝色很深，总是最先看到。所以我有时说及那盏灯只说“垂着蓝色的玻璃坠子”，而我不觉得少说了什么。明澈，——虽然落上不少灰尘了，含蓄，不动。是的，从来没有一个时候现出一点不同的样子。有一天会被移走么？——哦，完全不可想象的事。就是这么永远地寂然地结挂在那个老地方，深藏，固定，在我童年生活过来的朦胧的房屋之中。——从来没有点过。

……我想到那些木格窗子了，想到窗子外的青灰墙，墙上的漏痕，青苔气味，那些未经一点剧烈的伤残，完全天然的销蚀的青灰，露着非常的古厚和不可挽救的衰索之气。我想起下雨之前。想起游丝无力的飘转。想起……可是我一定得穿衣服了。我有点腻。——我喜欢我的这件衬衫。太阳照在我的手上，好干净。今天似乎一切都会不错的样子。礼拜天？我从心里欢呼出来。我不是很快乐么？是的，在我拧手巾的时候我就知道我很快乐。我想到邮局门前的又安静又热闹的空气，非常舒服的空气，生活——而抽一根烟的欲望立刻淹没了我，像潮水淹没了沙滩。我笑了。

疯　子

我走着走着。……树，树把我覆盖了四步，——地，地面上的天空在我的头上无穷地高。——又是树。秋天了。紫色的野茉莉，印花布。累累的枣子。三轮车鱼似的一摆尾，沉着得劲的一脚蹬下去，平滑的展出去一条路。……啊，从今以后我经常在这条路上走，算是这条路的一个经常的过客了。是的，这条路跟我有关系，我一定要把它弄得很熟的。秋天了，树叶子就快往下掉了。接着是冬天。我还没有经历北方的雪。我有点累——什么事？

在这些伫立的脚下路停止住了。路不把我往前带。车水马龙之间，眼前突然划出了没有时间的一段。我的惰性消失了。人都没有动作，本来不同的都朝着一个方向。我看到一个一个背，服从他们前面的眼睛摆成一种姿势。几个散学的孩子。他们向后的身躯中留了一笔往前的趋势。他们的书包还没有完全跟过去，为他们的左脚反射上来的一个力量摆在他们的胯骨上。一把小刀系在链子上从中指垂下来，刚刚停止荡动。一条狗耸着耳朵，站得笔直。

“疯子。”

这一声解出了这一群雕像，各人寻回自己从底板上分离。有了中心反而失去中心。不过仍旧凝滞，举步的意念在胫踝之间徘徊。秋天了，树叶子不那么富有弹性了。——疯子为什么可怕呢？这种恐惧是与生俱来的还是只是一种教育？惧怕疯狂与惧怕黑暗、孤独、时间、蛇或者软体动物其原始的程度，强烈的程度有什么不同？在某一点上是不是相通的？他们是直接又深刻的撼荡人的最初的生命意识么？——他来了！他一步一步地走过来，中等身材，衣履还干净，脸上线条圆软，左眼下有一块颇大的疤。可是不仅是这块疤，他一身有说不出来的一种东西向外头放射，像一块炭，外头看起来没有什么，里头全着了，炙手可热，势不可挡。他来了，他直着眼睛走过来，不理会任何人，手指节骨奇怪地紧张。给他让路！不要触到他的带电的锋芒呀。可是——大家移动了，松散了，而把他们的顾盼投抛过去，——指出另一个方向。有疤的人从我身边挨肩而过，我的低沉的脉跳浮升上来，腹皮上的压力一阵云似的舒散了，这个人一点也不疯，跟你，跟我一样。

疯子在哪里呢？人乱了，路恢复了常态，抹去一切，继续前进。一个一个姿势在切断的那一点接上了头。

一九四八年九月，午门

注释

原载《文学杂志》一九四八年第三卷第六期。

翠湖心影

有一个姑娘，牙长得好。有人问她：

“姑娘，你多大了？”

“十七。”

“住在哪里？”

“翠湖西。”

“爱吃什么？”

“辣子鸡。”

过了两天，姑娘摔了一跤，磕掉了门牙。有人问她：

“姑娘多大了？”

“十五。”

“住在哪里？”

“翠湖。”

“爱吃什么？”

“麻婆豆腐。”

这是我在四十四年前听到的一个笑话。当时觉得很无聊（是在一个座谈会上听一个本地才子说的）。现在想起来觉得很亲切。因为它让我想起翠湖。

昆明和翠湖分不开，很多城市都有湖。杭州西湖、济南大明湖、扬州瘦西湖。然而这些湖和城的关系都还不是那样密切。似乎把这些湖挪开，城市也还是城市。翠湖可不能挪开。没有翠湖，昆明就不成其为昆明了。翠湖在城里，而且几乎就挨着市中心。城中有湖，这在中国，在世界上，都是不多的。说某某湖是某某城的眼睛，这是一个俗得不能再俗的比喻了。然而说到翠湖，这个比喻还是躲不开。只能说：翠湖是昆明的眼睛。有什么办法呢，因为它非常贴切。

翠湖是一片湖，同时也是一条路。城中有湖，并不妨碍交通。湖之中，有一条很整齐的贯通南北的大路。从文林街、先生坡、府甬道，到华山南路、正义路，这是一条直达的捷径。——否则就要走翠湖东路或翠湖西路，那就绕远多了。昆明人特意来游翠湖的也有，不多。多数人只是从这里穿过。翠湖中游人少而行人多。但是行人到了翠湖，也就成了游人了。从喧嚣扰攘的闹市和刻板枯燥的机关里，匆匆忙忙地走过来，一进了翠湖，即刻就会觉得浑身轻松下来；生活的重压、柴米油盐、委屈烦恼，就会冲淡一些。人们不知不觉地放慢了脚步，甚至可以停下来，在路边的石凳上坐一坐，抽一支烟，四边看看。即使仍在匆忙地赶路，人在湖光树影中，精神也很不一样了。翠湖每天每日，给了昆明人多少浮世的安慰和精神的疗养啊。因此，昆明人——包括外来的游子，对翠湖充满感激。

翠湖这个名字起得好！湖不大，也不小，正合适。小了，不够一游；太大了，游起来怪累。湖的周围和湖中都有堤。堤边密密地栽着树。树都很高大。主要的是垂柳。“秋尽江南草未凋”，昆明的树好像到了冬天也还是绿的。尤其是雨季，翠湖的柳树真是绿得好像要滴下来。湖水极清。我的印象里翠湖似没有蚊子。夏天的夜晚，我们在湖中漫步或在堤边浅草中坐卧，好像都没有被蚊子咬过。湖水常年盈满。我在昆明住了七年，没有看见过翠湖干得见了底。偶尔接连下了几天大雨，湖水涨了，湖中的大路也被淹没，不能通过了。但这样的时候很少。翠湖的水不深。浅处没膝，深处也不过齐腰。因此没有人到这里来自杀。我们有一个广东籍的同学，因为失恋，曾投过翠湖。但是他下湖在水里走了一截，又爬上来了。因为他大概还不太想死，而且翠湖里也淹不死人。翠湖不种荷花，但是有许多水浮莲。肥厚碧绿的猪耳状的叶子，开着一望无际的粉紫色的蝶形的花，很热闹。我是在翠湖才认识这种水生植物的。我以后再也没看到过这样大片大片的水浮莲。湖中多红鱼，很大，都有一尺多长。这些鱼已经习惯于人声脚步，见人不惊，整天只是安安静静地、悠然地浮沉游动着。有时夜晚从湖中大路上过，会忽然扑哧一声，从湖心跃起一条极大的大鱼，吓你一跳。湖水、柳树、粉紫色的水浮莲、红鱼，共同组成一个印象：翠。

一九三九年的夏天，我到昆明来考大学，寄住在青莲街的同济中学的宿舍里，几乎每天都要到翠湖。学校已经发了榜，还没有开学，我们除了骑马到黑龙潭、金殿，坐船到大观楼，就是到翠湖图书馆去看书。这是我这一生去过次数最多的一个图书馆，也是印象极佳的一个图书馆。图书馆不大，形制有一点像一个道观。非常安静整洁。有一个侧院，院里种了好多盆白茶花。这些白茶花有时整天没有一个人来看它，就只是安安静静地欣然地开着。图书馆的管理员是一个妙人。他没有准确的上下班时间。有时我们去得早了，他还没有来，门没有开，我们就在外面等着。他来了，谁也不理，开了门，走进阅览室，把壁上一个不走的挂钟的时针“喀啦啦”一拨，拨到八点，这就上班了，开始借书。这个图书馆的藏书室在楼上。楼板上挖出一个长方形的洞，从洞里用绳子吊下一个长方形的木盘。借书人开好借书单，——管理员把借书单叫作“飞子”，昆明人把一切不大的纸片都叫作“飞子”，买米的发票、包裹单、汽车票，都叫“飞子”，——这位管理员看一看，放在木盘里，一拽旁边的铃铛，“当啷当啷”，木盘就从洞里吊上去了。——上面大概有辆滑车。不一会儿，上面拽一下铃铛，木盘又系了下来，你要的书来了。这种古老而有趣的借书手续我以后再也没有见过。这个小图书馆藏书似不少，而且有些善本。我们想看的书大都能够借到。过了两三个小时，这位干瘦而沉默得有点像陈老莲画出来的古典的图书管理员站起来，把壁上不走的挂钟的时针“喀啦啦”一拨，拨到十二点：下班！我们对他这种以意为之的计时方法完全没有意见。因为我们没有一定要看完的书，到这里来只是享受一点安静。我们的看书，是没有目的的，从《南诏国志》到福尔摩斯，逮着什么看什么。

翠湖图书馆现在还有么？这位图书管理员大概早已作古了。不知道为什么，我会常常想起他来，并和我所认识的几个孤独、贫穷而有点怪癖的小知识分子的印象掺和在一起，越来越鲜明。总有一天，这个人物的形象会出现在我的小说里的。

翠湖的好处是建筑物少。我最怕风景区挤满了亭台楼阁。除了翠湖图书馆，有一簇洋房，是法国人开的翠湖饭店。这家饭店似乎是终年空着的。大门虽开着，但我从未见过有人进去，不论是中国人还是法国人。此外，大路之东，有几间黑瓦朱栏的平房，狭长的，按形制似应该叫作“轩”。也许里面是有一方题作什么轩的横匾的，但是我记不得了。也许根本没有。轩里有一阵曾有人卖过面点，大概因为生意不好，停歇了。轩内空荡荡的，没有桌椅。只在廊下有一个卖“糠虾”的老婆婆。“糠虾”是只有皮壳没有肉的小虾。晒干了，卖给游人喂鱼。花极少的钱，便可从老婆婆手里买半碗，一把一把撒在水里，一尺多长的红鱼就很兴奋地游过来，抢食水面的糠虾，唼喋有声。糠虾喂完，人鱼俱散，轩中又是空荡荡的，剩下老婆婆一个人寂然地坐在那里。

路东伸进湖水，有一个半岛。半岛上有一个两层的楼阁。阁上是个茶馆。茶馆的地势很好，四面有窗，入目都是湖水。夏天，在阁子上喝茶，很凉快。这家茶馆，夏天，是到了晚上还卖茶的（昆明的茶馆都是这样，收市很晚），我们有时会一直坐到十点多钟。茶馆卖盖碗茶，还卖炒葵花子、南瓜子、花生米，都装在一个白铁敲成的方碟子里，昆明的茶馆计账的方法有点特别：瓜子、花生，都是一个价钱，按碟算。喝完了茶，“收茶钱！”堂倌走过来，数一数碟子，就报出个钱数。我们的同学有时临窗饮茶，嗑完一碟瓜子，随手把铁皮碟往外一扔，“piɑ——”，碟子就落进了水里。堂倌算账，还是照碟算。这些堂倌晚上清点时，自然会发现碟子少了，并且也一定会知道这些碟子上哪里去了。但是从来没有一次收茶钱时因此和顾客吵起来过，并且在提着大铜壶用“凤凰三点头”手法为客人续水时也从不拿眼睛“贼”着客人。把瓜子碟扔进水里，自然是不大道德，不过堂倌不那么斤斤计较的风度却是很可佩服的。

除了到翠湖图书馆看书，喝茶，我们更多的时候是到翠湖去“穷遛”。这“穷遛”有两层意思，一是不名一钱地遛，一是无穷无尽地遛。“园日涉以成趣”，我们遛翠湖没有个够的时候。尤其是晚上，踏着斑驳的月光树影，可以在湖里一遛遛好几圈。一面走，一面海阔天空，高谈阔论。我们那时都是二十岁上下的人，似乎有很多话要说，可说，我们都说了些什么呢？我现在一句都记不得了！

我是一九四六年离开昆明的。一别翠湖，已经三十八年了，时间过得真快！

我是很想念翠湖的。

前几年，听说因为搞什么“建设”，挖断了水脉，翠湖没有水了。我听了，觉得怅然，而且，愤怒了。这是怎么搞的！谁搞的？翠湖会成了什么样子呢？那些树呢？那些水浮莲呢？那些鱼呢？

最近听说，翠湖又有水了，我高兴！我当然会想到这是三中全会带来的好处。这是拨乱反正。

但是我又听说，翠湖现在很热闹，经常举办“蛇展”什么的，我又有点担心。这又会成了什么样子呢？我不反对翠湖游人多，甚至可以有游艇，甚至可以设立摊篷卖破酥包子、焖鸡米线、冰激凌、雪糕，但是最好不要搞“蛇展”。我希望还我一个明爽安静的翠湖。我想这也是很多昆明人的希望。

一九八四年五月九日

注释

原载《滇池》一九八四年第八期。

职业

文林街一年四季，从早到晚，有各种吆喝叫卖的声音。街上的居民铺户、大人小孩、大学生、中学生、小学生、小教堂的牧师，和这些叫卖的人自己，都听得很熟了。

“有旧衣烂衫找来卖！”

我一辈子也没有听见过这么脆的嗓子，就像一个牙口极好的人咬着一个脆萝卜似的。这是一个中年的女人，专收旧衣烂衫。她这一声真能喝得千门万户开，声音很高，拉得很长,一口气。她把“有”字切成了“一——尤”，破空而来，传得很远（她的声音能传半条街）。“旧衣烂衫”稍稍延长，“卖”字有余不尽：

"一——尤旧衣烂衫……找来卖……"

"有人买贵州遵义板桥的化风丹……"

我从此人的吆喝中知道了一个一般地理书上所不载的地名：板桥，而且永远也忘不了，因为我每天要听好几次。板桥大概是一个镇吧，想来还不小。不过它之出名可能就因为出一种叫化风丹的东西。化风丹大概是一种药吧？这药是治什么病的？我无端地觉得这大概是治小儿惊风的。昆明这地方一年能销多少化风丹？我好像只看见这人走来走去，吆喝着，没有见有人买过他的化风丹。当然会有人买的，否则他吆喝干什么。这位贵州老乡，你想必是板桥的人了，你为什么总在昆明待着呢？你有时也回老家看看么？

黄昏以后，直至夜深，就有一个极其低沉苍老的声音，很悲凉地喊着：

"壁虱药！蛇蚤药！"

壁虱即臭虫。昆明的跳蚤也是真多。他这时候出来吆卖是有道理的。白天大家都忙着，不到快挨咬或已经挨咬的时候，想不起买壁虱药、蛇蚤药。

有时有苗族的少女卖杨梅、卖玉麦粑粑。

"卖杨梅——！"

"玉麦粑粑——！"

她们都是苗家打扮，戴一个绣花小帽子，头发梳得光光的，衣服干干净净的，都长得很秀气。她们卖的杨梅很大，颜色红得发黑，叫作"火炭梅"，放在竹篮里，下面衬着新鲜的绿叶。玉麦粑粑是嫩玉米磨制成的粑粑（昆明人叫玉米为苞谷，苗人叫玉麦），下一点盐，蒸熟（蒸出后粑粑上还明显地保留着拍制时的手指印痕），包在玉米的嫩皮里，味道清香清香的。这些苗族女孩子把山里的夏天和初秋带到了昆明的街头了。

……

在这些耳熟的叫卖声中，还有一种，是：

“椒盐饼子西洋糕！”

椒盐饼子，名副其实：发面饼，里面和了一点椒盐，一边稍厚，一边稍薄，形状像一把老式的木梳，是在铛上烙出来的，有一点油性，颜色黄黄的。西洋糕即发糕，米面蒸成，状如莲蓬，大小亦如之，有一点淡淡的甜味。放的是糖精，不是糖。这东西和“西洋”可以说是毫无瓜葛，不知道何以命名曰“西洋糕”。这两种食品都不怎么诱人。淡而无味，虚泡不实。买椒盐饼子的多半是老头，他们穿着土布衣裳，喝着大叶清茶，抽金堂叶子烟，泛览周王传，流观山海图，一边嚼着这种古式的点心，自得其乐。西洋糕则多是老太太叫住，买给她的小孙子吃。这玩意好消化，不伤人，下肚没多少东西。当然也有其他的人买了充饥，比如拉车的，赶马的马锅头[①]，在茶馆里打扬琴说书的瞎子……

卖椒盐饼子西洋糕的是一个孩子。他斜挎着一个腰圆形的扁浅木盆，饼子和糕分别放在木盆两侧，上面盖一层白布，白布上放一饼一糕作为幌子，从早到晚，穿街过巷，吆喝着：

“椒盐饼子西洋糕！”

这孩子也就是十一二岁，如果上学，该是小学五六年级。但是他没有上过学。

---

① 马锅头是马帮的赶马人。不知道为什么叫马锅头。

我从侧面约略知道这孩子的身世。非常简单。他是个孤儿，父亲死得早。母亲给人家洗衣服。他还有个外婆，在大西门外摆一个茶摊卖茶，卖葵花子，他外婆还会给人刮痧、放血、拔罐子，这也能得一点钱。他长大了，得自己挣饭吃。母亲托人求了糕点铺的杨老板，他就做了糕点铺的小伙计。晚上发面，天一亮就起来烧火，帮师傅蒸糕、打饼，白天挎着木盆去卖。

“椒盐饼子西洋糕！”

这孩子是个小大人！他非常尽职，毫不贪玩。遇有唱花灯的、耍猴的、耍木脑壳戏的，他从不挤进人群去看，只是找一个有阴凉、引人注意的地方站着，高声吆喝：

“椒盐饼子西洋糕！”

每天下午，在华山西路、逼死坡前要过龙云的马。这些马每天由马夫牵到郊外去遛，放了青，饮了水，再牵回来。他每天都是这时经过逼死坡（据说这是明建文帝被逼死的地方），他很爱看这些马。黑马、青马、枣红马。有一匹白马，真是一条龙，高腿狭面，长腰秀颈，雪白雪白。它总不好好走路。马夫拽着它的嚼子，它总是骤骤骧骧的。钉了蹄铁的马蹄踏在石板上，咔嗒咔嗒。他站在路边看不厌，但是他没有忘记吆喝：

“椒盐饼子西洋糕！”

饼子和糕卖给谁呢？卖给这些马吗？

他吆喝得很好听，有腔有调。若是谱出来，就是：

| #5 5 6 — — | 5 3 2 — — ‖

椒盐饼子　西洋糕

放了学的孩子（他们背着书包），也觉得他吆喝得好听，爱学他。但是他们把字眼改了，变成了：

| #5 5 6 – – | 5 3 2̇ – – ‖

捏着鼻子　吹洋号

昆明人读“饼”字不走鼻音，“饼子”和“鼻子”很相近。他在前面吆喝，孩子们在他身后模仿：

“捏着鼻子吹洋号！”

这又不含什么恶意，他并不发急生气，爱学就学吧。这些上学的孩子比卖糕饼的孩子要小两三岁，他们大都吃过他的椒盐饼子西洋糕。他们长大了，还会想起这个“捏着鼻子吹洋号”，俨然这就是卖糕饼的小大人的名字。

这一天，上午十一点钟光景，我在一条巷子里看见他在前面走。这是一条很长的、僻静的巷子。穿过这条巷子，便是城墙，往左一拐，不远就是大西门了。我知道今天是他外婆的生日，他是上外婆家吃饭去的（外婆大概炖了肉）。他妈已经先去了。他跟杨老板请了几个小时的假，把卖剩的糕饼交回到柜上，才去。虽然只是背影，但看得出他新剃了头（这孩子长得不难看，大眼睛，样子挺聪明），换了一身干净衣裳。我第一次看到这孩子没有挎着浅盆，散着手走着，觉得很新鲜。他高高兴兴，大摇大摆地走着，忽然回过头来看看。他看到巷子里没有人（他没有看见我，我去看一个朋友，正在倚门站着），忽然大声地、清清楚楚地吆喝了一声：

“捏着鼻子吹洋号！……”

这是三十多年前在昆明写过的一篇旧作，原稿已失去。前年和去年都改写过，这一次是第三次重写了。

一九八二年六月二十九日记

注释

原载《文汇月刊》一九八三年第五期，是旧作同题重写。

泡茶馆

“泡茶馆”是联大学生特有的语言。本地原来似无此说法，本地人只说“坐茶馆”。“泡”是北京话。其含义很难准确地解释清楚。勉强解释，只能说是持续长久地沉浸其中，像泡泡菜似的泡在里面。“泡蘑菇”“穷泡”，都有长久的意思。北京的学生把北京的“泡”字带到了昆明，和现实生活结合起来，便创造出一个新的语汇。“泡茶馆”，即长时间地在茶馆里坐着。本地的“坐茶馆”也含有时间较长的意思。到茶馆里去，首先是坐，其次才是喝茶（云南叫吃茶）。不过联大的学生在茶馆里坐的时间往往比本地人长，长得多，故谓之“泡”。

有一个姓陆的同学，是一怪人，曾经骑自行车旅行半个中国。这人真是一个泡茶馆的冠军。他有一个时期，整天在一家熟识的茶馆里泡着。他的盥洗用具就放在这家茶馆里。一起来就到茶馆里去洗脸刷牙，然后坐下来，泡一碗茶，吃两个烧饼，看书。一直到中午，起身出去吃午饭。吃了饭，又是一碗茶，直至吃晚饭。晚饭后，又是一碗，直到街上灯火阑珊，才挟着一本很厚的书回宿舍睡觉。

昆明的茶馆共分几类，我不知道。大别起来，只能分为两类，一类是大茶馆，一类是小茶馆。

正义路原先有一家很大的茶馆，楼上楼下，有几十张桌子。都是荸荠紫漆的八仙桌，很鲜亮。因为在热闹地区，坐客常满，人声嘈杂。所有的柱子上都贴着一张很醒目的字条："莫谈国事"。时常进来一个看相的术士，一手捧一个六寸来高的硬纸片，上书该术士的大名（只能叫作大名，因为往往不带姓，不能叫"姓名"；又不能叫"法名""艺名"，因为他并未出家，也不唱戏），一只手捏着一根纸媒子，在茶桌间绕来绕去，嘴里念说着"送看手相不要钱！""送看手相不要钱！"——他手里这根媒子即是看手相时用来指示手纹的。

这种大茶馆有时唱围鼓。围鼓即由演员或票友清唱。我很喜欢"围鼓"这个词。唱围鼓的演员、票友好像不是取报酬的，只是一群有同好的闲人聚拢来唱着玩。但茶馆却可借来招揽顾客，所以茶馆便于闹市张贴告条："某月日围鼓"。到这样的茶馆里来一边听围鼓，一边吃茶，也就叫作"吃围鼓茶"。"围鼓"这个词大概是从四川来的，但昆明的围鼓似多唱滇剧。我在昆明七年，对滇剧始终没有入门。只记得不知什么戏里有一句唱词"孤王头上长青苔”。孤王的头上如何会长青苔呢？这个设想实在是奇绝，因此一听就永不能忘。

我要说的不是那种“大茶馆”。这类大茶馆我很少涉足，而且有些大茶馆，包括正义路那家兴隆鼎盛的大茶馆，后来大都陆续停闭了。我所说的是联大附近的茶馆。

从西南联大新校舍出来，有两条街，凤翥街和文林街，都不长。这两条街上至少有不下十家茶馆。

从联大新校舍，往东，折向南，进一座砖砌的小牌楼式的街门，便是凤翥街。街头右手第一家便是一家茶馆。这是一家小茶馆，只有三张茶桌，而且大小不等，形状不一的茶具也是比较粗糙的，随意画了几笔蓝花的盖碗。除了卖茶，檐下挂着大串大串的草鞋和地瓜（即湖南人所谓的凉薯），这也是卖的。张罗茶座的是一个女人。这女人长得很强壮，皮色也颇白净。她生了好些孩子。身边常有两个孩子围着她转，手里还抱着一个孩子。她经常敞着怀，一边奶着那个早该断奶的孩子，一边为客人冲茶。她的丈夫，比她大得多，状如猿猴，而目光锐利如鹰。他什么事情也不管，但是每天下午却捧了一个大碗喝牛奶。这个男人是一头种畜。这情况使我们颇为不解。这个白皙强壮的妇人，只凭一天卖几碗茶，卖一点草鞋、地瓜，怎么能喂饱了这么多张嘴，还能供应一个懒惰的丈夫每天喝牛奶呢？怪事！中国的妇女似乎有一种天授的惊人的耐力，多大的负担也压不垮。

由这家往前走几步，斜对面，曾经开过一家专门招徕大学生的新式茶馆。这家茶馆的桌椅都是新打的，涂了黑漆。堂倌系着白围裙。卖茶用细白瓷壶，不用盖碗（昆明茶馆卖茶一般都用盖碗）。除了清茶，还卖沱茶、香片、龙井。本地茶客从门外过，伸头看看这茶馆的局面，再看看里面坐得满满的大学生，就会挪步另走一家了。这家茶馆没有什么值得一记的事，而且开了不久就关了。联大学生至今还记得这家茶馆是因为隔壁有一家卖花生米的。这家似乎没有男人，站柜卖货是姑嫂两人，都还年轻，成天涂脂抹粉。尤其是那个小姑子，见人走过，辄作媚笑。联大学生叫她花生西施。这西施卖花生米是看人行事的。好看的来买，就给得多。难看的给得少。因此我们每次买花生米都推选一个挺拔英俊的“小生”去。

再往前几步，路东，是一个绍兴人开的茶馆。这位绍兴老板不知怎么会跑到昆明来，又不知为什么在这条小小的凤翥街上来开一爿茶馆。他至今乡音未改。大概他有一种独在异乡为异客的情绪，所以对待从外地来的联大学生异常亲热。他这茶馆里除了卖清茶，还卖一点芙蓉糕、萨其马、月饼、桃酥，都装在一个玻璃匣子里。我们有时觉得肚子里有点缺空而又不到吃饭的时候，便到他这里一边喝茶一边吃两块点心。有一个善于吹口琴的姓王的同学经常在绍兴人茶馆喝茶。他喝茶，可以欠账。不但喝茶可以欠账，我们有时想看电影而没有钱，就由这位口琴专家出面向绍兴老板借一点。绍兴老板每次都是欣然地打开钱柜，拿出我们需要的数目。我们于是欢欣鼓舞，兴高采烈，迈开大步，直奔南屏电影院。

再往前，走过十来家店铺，便是凤翥街口，路东路西各有一家茶馆。

路东一家较小，很干净，茶桌不多。掌柜的是个瘦瘦的男人，有几个孩子。掌柜的事情多，为客人冲茶续水，大都由一个十三四岁的大儿子担任，我们称他这个儿子为“主任儿子”。街西那家又脏又乱，地面坑洼不平，一地的烟头、火柴棍、瓜子皮。茶桌也是七大八小，摇摇晃晃，但是生意却特别好。从早到晚，人坐得满满的。也许是因为风水好。这家茶馆正在凤翥街和龙翔街交接处，门面一边对着凤翥街，一边对着龙翔街，坐在茶馆两条街上的热闹都看得见。到这家吃茶的全部是本地人，本街的闲人、赶马的马锅头、卖柴的、卖菜的。他们都抽叶子烟。要了茶以后，便从怀里掏出一个烟盒——圆形，皮制的，外面涂着一层黑漆，打开来，揭开覆盖着的菜叶，拿出剪好的金堂叶子，一支一支地卷起来。茶馆的墙壁上张贴、涂抹得乱七八糟。但我却于西墙上发现了一首诗，一首真正的诗：

记得旧时好，
跟随爹爹去吃茶。
门前磨螺壳，
巷口弄泥沙。

是用墨笔题写在墙上的。这使我大为惊异了。这是什么人写的呢？

每天下午，有一个盲人到这家茶馆来说唱。他打着扬琴，说唱着。照现在的说法，这应是一种曲艺，但这种曲艺该叫什么名称，我一直没有打听着。我问过“主任儿子”，他说是“唱扬琴的”，我想不是。他唱的是什么？我有一次特意站下来听了一会儿，是：

……
良田美地卖了，

高楼大厦拆了，
娇妻美妾跑了，
狐皮袍子当了……

我想了想，哦，这是一首劝戒鸦片的歌，他这唱的是鸦片烟之为害。这是什么时候传下来的呢？说不定是林则徐时代某一忧国之士的作品。但是这个盲人只管唱他的，茶客们似乎都没有在听，他们仍然在说话，各人想自己的心事。到了天黑，这个盲人背着扬琴，点着马杆，踽踽地走回家去。我常常想：他今天能吃饱么？

进大西门，是文林街，挨着城门口就是一家茶馆。这是一家最无趣味的茶馆。茶馆墙上的镜框里装的是美国电影明星的照片，蓓蒂·黛维丝、奥丽薇·德·哈茀兰、克拉克·盖博、泰伦宝华……除了卖茶，还卖咖啡、可可。这家的特点是：进进出出的除了穿西服和麂皮夹克的比较有钱的男同学外，还有把头发卷成一根一根香肠似的女同学。有时到了星期六，还开舞会。茶馆的门关了，从里面传出《蓝色的多瑙河》和《风流寡妇》舞曲，里面正在“嘣嚓嚓”。

和这家斜对着的一家，跟这家截然不同。这家茶馆除卖茶，还卖煎血肠。这种血肠是牦牛肠子灌的，煎起来一街都闻见一种极其强烈的气味，说不清是异香还是奇臭。这种西藏食品，那些把头发卷成香肠一样的女同学是绝对不敢问津的。

由这两家茶馆往东，不远几步，面南，便可折向钱局街。街上有一家老式的茶馆，楼上楼下，茶座不少。说这家茶馆是“老式”的，是因为茶馆备有烟筒，可以租用。一段青竹，旁安一个粗如小指半尺长的竹管，一头装一个带爪的莲蓬嘴，这便是“烟筒”。在莲蓬嘴里装了烟丝，点以纸煤，把整个嘴埋在筒口内，尽力猛吸，筒内的水咚咚作响，浓烟便直灌肺腑，顿时觉得浑身通泰。吸烟筒要有点功夫，不会吸的吸不出烟来。茶馆的烟筒比家用的粗得多，高齐桌面，吸完就靠在桌腿边，吸时尤需底气充足。这家茶馆门前，有一个小摊，卖酸角（不知什么树上结的，形状有点像皂荚，极酸，入口使人攒眉）、拐枣（也是树上结的，应该算是果子，状如鸡爪，一疙瘩一疙瘩的，有的地方即叫作鸡脚爪，味道很怪，像红糖，又有点像甘草）和泡梨（糖梨泡在盐水里。梨味本是酸甜的，昆明人却偏于盐水内泡而食之。泡梨仍有梨香，而梨肉极脆嫩）。过了春节则有人于门前卖葛根。葛根是药，我过去只在中药铺见过，切成四方的棋子块儿，是已经经过加工的了。原物是什么样子，我是在昆明才见到的。这种东西可以当零食来吃，我也是在昆明才知道。一截葛根，粗如手臂，横放在一块板上，外包一块湿布。给很少的钱，卖葛根的便操起有点像北京切涮羊肉的肉片用的那种薄刃长刀，切下薄薄的几片给你。雪白的。嚼起来有点像干瓤的生白薯片，而有极重的药味。据说葛根能清火。联大的同学大概很少人吃过葛根。我是什么奇奇怪怪的东西都要买一点尝一尝的。

大学二年级那一年，我和两个外文系的同学经常一早就坐在这家茶馆靠窗的一张桌边，各自看自己的书，有时整整坐一上午，彼此不交一语。我这时才开始写作，我的最初几篇小说，即是在这家茶馆里写的。茶馆离翠湖很近，从翠湖吹来的风里，时时带有水浮莲的气味。

回到文林街。文林街中，正对府甬道，后来新开了一家茶馆。

这家茶馆的特点一是卖茶用玻璃杯，不用盖碗，也不用壶。不卖清茶，卖绿茶和红茶。红茶色如玫瑰，绿茶苦如猪胆。第二是茶桌较小，且覆有玻璃桌面。在这样桌子上打桥牌实在是再适合不过了，因此到这家茶馆来喝茶的，大都是来打桥牌的，这茶馆实在是一个桥牌俱乐部。联大打桥牌之风很盛。有一个姓马的同学每天到这里打桥牌。解放后，我才知道他是老地下党员，昆明学生运动的领导人之一。学生运动搞得那样热火朝天，他每天都只是很闲在，很热衷地在打桥牌，谁也看不出他和学生运动有什么关系。

文林街的东头，有一家茶馆，是一个广东人开的，字号就叫“广发茶社”——昆明的茶馆我记得字号的只有这一家。原因之一，是我后来住在民强巷，离广发很近，经常到这家去。原因之二，是经常聚在这家茶馆里的，有几个助教、研究生和高年级的学生。这些人多多少少有一点玩世不恭。那时联大同学常组织什么学会，我们对这些俨乎其然的学会微存嘲讽之意。有一天，广发的茶友之一说：“咱们这也是一个学会，——广发学会！”这本是一句茶余的笑话。不料广发的茶友之一，解放后，在一次运动中被整得不可开交，胡乱交代问题，说他曾参加过“广发学会”。这就惹下了麻烦。几次有人专程到北京来外调“广发学会”问题。被调查的人心里想笑，又笑不出来，因为来外调的政工人员态度非常严肃。广发茶馆代卖广东点心。所谓广东点心，其实只是包了不同味道的甜馅的小小的酥饼，面上却一律贴了几片香菜叶子，这大概是这一家饼师的特有的手艺。我在别处吃过广东点心，就没有见过面上贴有香菜叶子的——至少不是每一块都贴。

或问：泡茶馆对联大学生有些什么影响？答曰：第一，可以养其浩然之气。联大的学生自然也是贤愚不等，但多数是比较正派的。那是一个污浊而混乱的时代，学生生活又穷困得近乎潦倒，但是很多人却能自许清高，鄙视庸俗，并能保持绿意葱茏的幽默感，用来对付恶浊和穷困，并不颓丧灰心，这跟泡茶馆是有些关系的。第二，茶馆出人才。联大学生上茶馆，并不是穷泡，除了瞎聊，大部分时间都是用来读书的。联大图书馆座位不多，宿舍里没有桌凳，看书多半在茶馆里。联大同学上茶馆很少不挟着一本乃至几本书的。不少人的论文、读书报告，都是在茶馆写的。有一年一位姓石的讲师的《哲学概论》期终考试，我就是把考卷拿到茶馆里去答好了再交上去的。联大八年，出了很多人才。研究联大校史，搞“人才学”，不能不了解了解联大附近的茶馆。第三，泡茶馆可以接触社会。我对各种各样的人、各种各样的生活都发生兴趣，都想了解了解，跟泡茶馆有一定关系。如果我现在还算一个写小说的人，那么我这个小说家是在昆明的茶馆里泡出来的。

一九八四年五月十三日

注释

原载《滇池》一九八四年第九期。

跑警报

西南联大有一位历史系的教授，——听说是雷海宗先生，他开的一门课因为讲授多年，已经背得很熟，上课前无须准备；下课了，讲到哪里算哪里，他自己也不记得。每回上课，都要先问学生："我上次讲到哪里了？"然后就滔滔不绝地接着讲下去。班上有个女同学，笔记记得最详细，一句不落。雷先生有一次问她："我上一课最后说的是什么？"这位女同学打开笔记来，看了看，说："您上次最后说：'现在已经有空袭警报，我们下课。'"

这个故事说明昆明警报之多。我刚到昆明的头二年，一九三九、一九四〇年，三天两头有警报。有时每天都有，甚至一天有两次。昆明那时几乎说不上有空防力量，日本飞机想什么时候来就来。有时竟至在头一天广播：明天将有二十七架飞机来昆明轰炸。日本的空军指挥部还真言而有信，说来准来！

一有警报，别无他法，大家就都往郊外跑，叫作“跑警报”。“跑”和“警报”联在一起，构成一个语词，细想一下，是有些奇特的，因为所跑的并不是警报。这不像“跑马”“跑生意”那样通顺。但是大家就这么叫了，谁都懂，而且觉得很合适。也有叫“逃警报”或“躲警报”的，都不如“跑警报”准确。“躲”，太消极；“逃”又太狼狈。唯有这个“跑”字于紧张中透出从容，最有风度，也最能表达丰富生动的内容。

有一个姓马的同学最善于跑警报。他早起看天，只要是万里无云，不管有无警报，他就背了一壶水，带点吃的，夹着一卷温飞卿或李商隐的诗，向郊外走去。直到太阳偏西，估计日本飞机不会来了，才慢慢地回来。这样的人不多。

警报有三种。如果在四十多年前向人介绍警报有几种，会被认为有“神经病”，这是谁都知道的。然而对今天的青年，却是项新的课题。一曰“预行警报”。

联大有一个姓侯的同学，原系航校学生，因为反应迟钝，被淘汰下来，读了联大的哲学心理系。此人对于航空旧情不忘，曾用黄色的“标语纸”贴出巨幅“广告”，举行学术报告，题曰“防空常识”。他不知道为什么对“警报”特别敏感。他正在听课，忽然跑了出去，站在“新校舍”的南北通道上，扯起嗓子大声喊叫：“现在有预行警报，五华山挂了三个红球！”可不！抬头往南一看，五华山果然挂起了三个很大的红球。五华山是昆明的制高点，红球挂出，全市皆见。我们一直很奇怪：他在教室里，正在听讲，怎么会“感觉”到五华山挂了红球呢？——教室的门窗并不都正对五华山。

一有预行警报，市里的人就开始向郊外移动。住在翠湖迤北的，多半出北门或大西门，出大西门的似尤多。大西门外，越过联大新校舍门前的公路，有一条由南向北的用浑圆的石块铺成的宽可五六尺的小路。这条路据说是古驿道，一直可以通到滇西。路在山沟里。平常走的人不多。常见的是驮着盐巴、碗糖或其他货物的马帮走过。赶马的马锅头侧身坐在木鞍上，从齿缝里咝咝地吹出口哨（马锅头吹口哨都是这种吹法，没有撮唇而吹的），或低声唱着呈贡“调子”：

> 哥那个在至高山那个放呀放放牛，
> 妹那个在至花园那个梳那个梳梳头。
> 哥那个在至高山那个招呀招招手，
> 妹那个在至花园点那个点点头。

这些走长道的马锅头有他们的特殊装束。他们的短褂外都套了一件白色的羊皮背心，脑后挂着漆布的凉帽，脚下是一双厚牛皮底的草鞋状的凉鞋，鞋帮上大都绣了花，还钉着亮晶晶的“鬼眨眼”亮片。——这种鞋似只有马锅头穿，我没见从事别种行业的人穿过。马锅头押着马帮，从这条斜阳古道上走过，马项铃哗啦哗啦地响，很有点浪漫主义的味道，有时会引起远客的游子一点淡淡的乡愁……

有了预行警报，这条古驿道就热闹起来了。从不同方向来的人都涌向这里，形成了一条人河。走出一截，离市较远了，就分散到古道两旁的山野，各自寻找一个合适的地方待下来，心平气和地等着，——等空袭警报。

联大的学生见到预行警报，一般是不跑的，都要等听到空袭警报：汽笛声一短一长，才动身。新校舍北边围墙上有一个后门，出了门，过铁道（这条铁道不知起讫地点，从来也没见有火车通过），就是山野了。要走，完全来得及。——所以雷先生才会说“现在已经有空袭警报”。只有预行警报，联大师生一般都是照常上课的。

跑警报大都没有准地点，漫山遍野。但人也有习惯性，跑惯了哪里，愿意上哪里。大多是找一个坟头，这样可以靠靠。昆明的坟多有碑，碑上除了刻下坟主的名讳，还刻出“× 山 × 向”，并开出坟茔的“四至”。这风俗我在别处还未见过。这大概也是一种古风。

说是漫山遍野，但也有几个比较集中的“点”。古驿道的一侧，靠近语言研究所资料馆不远，有一片马尾松林，就是一个点。这地方除了离学校近，有一片碧绿的马尾松，树下一层厚厚的干了的松毛，很软和，空气好，——马尾松挥发出很重的松脂气味，晒着从松枝间漏下的阳光，或仰面看松树上面的蓝得要滴下来的天空，都极舒适外，是因为这里还可以买到各种零吃。昆明做小买卖的，有了警报，就把担子挑到郊外来了。五味俱全，什么都有。最常见的是丁丁糖。丁丁糖即麦芽糖，也就是北京人祭灶用的关东糖，不过做成一个直径一尺多、厚可一寸许的大糖饼，放在四方的木盘上。有人掏钱要买，糖贩即用一个刨刃形的铁片楔入糖边，然后用一个小小铁锤，一击铁片，丁的一声，一块糖就震裂下来了，——所以叫作“丁丁糖”。其次是炒松子。昆明松子极多，个大皮薄仁饱，很香，也很便宜。我们有时能在松树下面捡到一个很大的成熟了的生的松球，就掰开鳞瓣，一颗一颗地吃起来。——那时候，我们的牙都很好，那么硬的松子壳，一嗑就开了！

另一个集中点比较远，得沿古驿道走出四五里，驿道右侧较高的土山上有一横断的山沟（大概是哪一年地震造成的），沟深约三丈，沟口有二丈多宽，沟底也宽有六七尺。这是一个很好的天然防空沟，日本飞机若是投弹，只要不是直接命中，落在沟里，即便是在沟顶上爆炸，弹片也不易蹦进来。机枪扫射也不要紧，沟的两壁是死角。这道沟可以容数百人。有人常到这里，就利用闲空，在沟壁上修了一些私人专用的防空洞，大小不等，形式不一。这些防空洞不仅表面光洁，有的还用碎石子或碎瓷片嵌出图案，缀成对联。对联大都有新意。我至今记得两副，一副是：

人生几何
恋爱三角

一副是：

见机而作
入土为安

对联的嵌缀者的闲情逸致是很可叫人佩服的。前一副也许是有感而发，后一副却是纪实。

警报有三种。预行警报大概是表示日本飞机已经起飞。拉空袭警报大概是表示日本飞机进入云南省境了，但是进云南省不一定到昆明来。等到汽笛拉了紧急警报：连续短音，这才可以肯定是朝昆明来的。空袭警报到紧急警报之间，有时要间隔很长时间，所以到了这里的人都不忙下沟，——沟里没有太阳，而且过早地像云冈石佛似的坐在洞里也很无聊，大都先在沟上看书、闲聊、打桥牌。很多人听到紧急警报还不动，因为紧急警报后日本飞机也不定准来，常常是折飞到别处去了。要一直等到看见飞机的影子了，这才一骨碌站起来，下沟，进洞。联大的学生，以及住在昆明的人，对跑警报太有经验了，从来不仓皇失措。

上举的前一副对联或许是一种泛泛的感慨，但也是有现实意义的。跑警报是谈恋爱的机会。联大同学跑警报时，成双作对的很多。空袭警报一响，男的就在新校舍的路边等着，有时还提着一袋点心吃食，宝珠梨、花生米……他等的女同学来了，“嗨！”于是欣然并肩走出新校舍的后门。跑警报说不上是同生死，共患难，但隐隐约约有那么一点危险感，和看电影、遛翠湖时不同。这一点危险感使两方的关系更加亲近了。女同学乐于有人伺候，男同学也正好殷勤照顾，表现一点骑士风度。正如孙悟空在高老庄所说：“一来医得眼好，二来又照顾了郎中，这是凑四合六的买卖。”从这点来说，跑警报是颇为罗曼蒂克的。有恋爱，就有三角，有失恋。跑警报的“对儿”并非总是固定的，有时一方被另一方“甩”了，两人“吹”了，“对儿”就要重新组合。写（姑且叫作“写”吧）那副对联的，大概就是一位被“甩”的男同学。不过，也不一定。

警报时间有时很长，长达两三个小时，也很“腻歪”。紧急警报后，日本飞机轰炸已毕，人们就轻松下来。不一会儿，解除警报响了：汽笛拉长音，大家就起身拍拍尘土，络绎不绝地返回市里。也有时不等解除警报，很多人就往回走：天上起了乌云，要下雨了。一下雨，日本飞机不会来。在野地里被雨淋湿，可不是事！一有雨，我们有一个同学一定是一马当先往回奔，就是前面所说那位报告预行警报的姓侯的。他奔回新校舍，到各个宿舍搜罗了很多雨伞，放在新校舍的后门外，见有女同学来，就递过一把。他怕这些女同学挨淋。这位侯同学长得五大三粗，却有一副贾宝玉的心肠。大概是上了吴雨僧先生的《红楼梦》的课，受了影响。侯兄送伞，已成定例。警报下雨，一次不落。名闻全校，贵在有恒。——这些伞，等雨住后他还会到南院女生宿舍去敛回来，再归还原主的。

跑警报，大都要把一点值钱的东西带在身边。最方便的是金子，——金戒指。有一位哲学系的研究生曾经作了这样的逻辑推理：有人带金子，必有人会丢掉金子；有人丢金子，就会有人捡到金子；我是人，故我可以捡到金子。因此，他跑警报时，特别是解除警报以后，每次都很留心地巡视路面。他当真两次捡到过金戒指！逻辑推理有此妙用，大概是教逻辑学的金岳霖先生所未料到的。

联大师生跑警报时没有什么可带，因为身无长物，一般大都是带两本书或一册论文的草稿。有一位研究印度哲学的金先生每次跑警报总要提了一只很小的手提箱。箱子里不是什么别的东西，是一个女朋友写给他的信——情书。他把这些情书视如性命，有时也会拿出一两封来给别人看。没有什么不能看的，因为没有卿卿我我的肉麻的话，只是一个聪明女人对生活的感受，文字很俏皮，充满了英国式的机智，是一些很漂亮的essay，字也很秀气。这些信实在是可以拿来出版的。金先生辛辛苦苦地保存了多年，现在大概也不知去向了，可惜。我看过这个女人的照片，人长得就像她写的那些信。

联大同学也有不跑警报的，据我所知，就有两人。一个是女同学，姓罗。一有警报，她就洗头。别人都走了，锅炉房的热水没人用，她可以敞开来洗，要多少水有多少水！另一个是一位广东同学，姓郑。他爱吃莲子。一有警报，他就用一个大漱口缸到锅炉火口上去煮莲子。警报解除了，他的莲子也烂了。有一次日本飞机炸了联大，昆明北院、南院，都落了炸弹，这位郑老兄听着炸弹乒乒乓乓在不远的地方爆炸，依然在新校舍大图书馆旁的锅炉上神色不动地搅和他的冰糖莲子。

抗战期间，昆明有过多少次警报，日本飞机来过多少次，无法统计。自然也死了一些人，毁了一些房屋。就我的记忆，大东门外，有一次日本飞机机枪扫射，田地里死的人较多。大西门外小树林里曾炸死了好几匹驮木柴的马。此外似无较大伤亡。警报、轰炸，并没有使人产生血肉横飞、一片焦土的印象。

日本人派飞机来轰炸昆明，其实没有什么实际的军事意义，用意不过是吓唬吓唬昆明人，施加威胁，使人产生恐惧。他们不知道中国人的心理是有很大的弹性的，不那么容易被吓得魂不附体。我们这个民族，长期以来，生于忧患，已经很“皮实”了，对于任何猝然而来的灾难，都用一种“儒道互补”的精神对待之。这种“儒道互补”的真髓，即“不在乎”。这种“不在乎”精神，是永远征不服的。

为了反映“不在乎”，作《跑警报》。

一九八四年十二月六日

注释

原载《滇池》一九八五年第三期。

滇游新记（三篇）

泼水节印象

作家访问团四月六日离京赴云南，是为了能赶上泼水节。

十一日到芒市。这是泼水节的前一天。这天干部带领群众上山采花。采的花名锥栗花，是一串一串繁密而细碎的白色的小花，略带点浅浅的豆绿。我们到时，全市已经用锥栗花装饰起来了。

泼水节由来的传说是大家都知道的：有一魔王，具无上魔力，猛恶残暴，祸祟人民。他有七个妻子。一日，魔王酒醉，告诉最年轻的妻子："我虽有无上魔力，亦有弱点。如拔下我的一根头发，在我颈上一勒，我头即断。”其妻乃乘魔王酣睡，拔取其头发一根，将魔王头颈勒断。不料魔王头落在哪里，哪里即起大火。魔王之妻只好将头抱着，七个妻子轮流抱持。她们身上沾染血污，气味腥臭。诸邻居人，乃各以香水，泼向她们，为除不洁，世代相沿，遂成节日。

这大概只是口头传说，并无文字记载。泼水节仪式中看不出和这个传说直接有关的痕迹。傣族人之所以重视这个节，是因为这是傣历的新年。作为节日的象征的，是龙。节日广场的中心有一条木雕彩画的巨龙。傣族的龙和汉族的不大一样。汉族的龙大体像蛇，蜿蜒盘屈；傣族的龙有点像鸟，头尾高昂，如欲轻举。这是东南亚的龙，不是北方的龙。龙治水，这是南方人北方人都相信的。泼水节供养木龙，顺理成章。泼水节是水的节。

节日还没有正式开始，一早起来，远近已经是一片铓锣象脚鼓的声音。铓锣厚重，声音发闷而能传远，象脚鼓声也很低沉，节拍也似很单调，只是一股劲的咚咚咚咚……嘭嘭嘭嘭……不像北方锣鼓打出许多花点。不强烈，不高昂激越，而极温柔。

仪式很简单。先由地方负责同志讲话，然后由一个中年的女歌手祝福，女歌手神情端肃，曼声吟诵，时间不短，可惜听不懂祝福的词句，同时，有人分发泼水粑粑和金米饭。泼水粑粑乃以糯米粉和红糖，包在芭蕉叶中蒸熟；金米饭是用一种山花把糯米染黄蒸熟了的。

泼水开始。每人手里都提了一只小水桶，塑料的或白铁的，内装多半桶清水，水里还要滴几点香水，桶内插了花枝。泼水，并不是整桶地往你身上泼，只是用花枝蘸水，在你肩膀上掸两下，一面用傣语说：“好吃好在。”我们是汉人，给我们泼水的大都用汉语说："祝你健康。""祝你健康"太一般了，不如"好吃好在"有意思。接受别人泼水后，可以也用花枝蘸水在对方肩头掸掸，或在肩上轻轻拍三下。"好吃好在"，——"祝你健康"。但是少男少女互泼，常常就不那么文雅了。越是漂亮的，挨泼的越多。主席台上有一个身材修长、穿了一身绿纱的姑娘，不大一会儿已经被泼得浑身上下都湿透了。

主席台上的桌椅都挪开了，为什么？有人告诉我：要在这里跳舞，跳"嘎漾"。台上跳，台下也跳。不知多少副铓锣象脚鼓都敲响了，嘭嘭咚咚，混成一片，分不清是哪一面锣哪一腔鼓敲出来的声音。

"嘎漾"的舞步比较简单。脚下一步一顿，手臂自然摆动，至胸前一转手腕。"嘎漾"是鹭鸶舞的意思。舞姿确是有点像鹭鸶。傣族人很喜欢鹭鸶。在碧绿的田野里时常可以看到成群的白鹭。"嘎漾"有十五六种姿势，主要的变化在腕臂。虽然简单，却很优美。傣族少女，着了筒裙，小腰秀颈，姗姗细步，跳起"嘎漾"，极有韵致。在台上跳"嘎漾"的，就是方才招呼我们吃泼水粑粑、用花枝为我们泼水的服务人员，全都打扮得花枝招展，一个赛似一个。我问陪同人："她们是不是演员？"——"不是，有的是机关干部，有的是商店的营业员。"

跳"嘎漾"的大部分是水傣，也有几个旱傣，她们也是服务人员。旱傣少女的打扮别是一样：头上盘了极粗的发辫，插了一头各种颜色的绢花。白纱上衣，窄袖，胸前别满了黄灿灿的镀金饰物，一边龙，一边凤，还有一些金花、金蝶、金葫芦。下面是黑色的喇叭裤，系黑短围裙，垂下两根黑地彩绣的长飘带。水傣少女长裙曳地，仪态大方；旱傣少女则显得玲珑而带点稚气。

泼水节是少女的节，是她们炫耀青春、比赛娇美的节日。正是由于这些着意打扮、到处活跃的少女，才把节日衬托得如此华丽缤纷，充满活力。

晚上有宴会，到各桌轮流敬酒的，还是她们。一个一个重新梳洗，换了别样的衣裙，容光焕发，精力旺盛。她们的敬酒，有点霸道。杯到人到，非喝不可。好在砂仁酒度数不高而气味芳香，多喝两杯也无妨。我问一个岁数稍大的姑娘："你们今天是不是把全市的美人都动员来了？"她笑着说："哪里哟！比我们好看的有的是！"

第二天，我们到法帕区又参加了一次泼水节。规模不能与芒市比，但在杂乱中显出粗豪，另是一种情趣。

归时已是黄昏。德宏州时差比北京晚一小时，过七点了，天还不暗，但泼水高潮已过。泼水少女，已经兴尽，三三两两，意兴阑珊地归去，只余少数顽童，还用整桶泥水，泼向行人车辆。

有一个少女在河边洗净筒裙，晾在树上。同行的一位青年小说家，有诗人气质，说他看了两天泼水节，没有觉得怎么样，看了这个少女晾筒裙，忽然非常感动。

泼水归来日未曛，
散抛锥栗入深林。
铓锣象鼓声犹在，
缅桂梢头晾筒裙。

泼水，泼人、被泼，都是未婚少女的事。一出嫁，即不再参与。已婚妇女的装束也都改变了。不再着鲜艳的筒裙，只穿白色衫裤，头上系一个衬有硬胎的高高的黑绸圆筒。背上大都用兜布背了一个孩子。她们也过泼水节，但只是来看看热闹。她们的神情也变了，冷静、淡漠，也许还有点惆怅、凄凉，不再像少女那样笑声朗朗，神采飞扬，眼睛发光。

一九八七年五月四日

大等喊

云南省作协的同志安排我们在一个傣族寨子里住一晚上。地名大等喊。

车从瑞丽出发，经过一个中缅边界的寨子，云井寨。一条宽路从缅甸通向中国，可以直来直往。除了有一个水泥界桩外，无任何标志。对面有一家卖饵丝的铺子。有人买了一碗饵丝。一个缅甸女孩把饵丝递过来，这边把钱递过去。他们的手已经都伸过国界了。只要脚不跨过界桩，不算越境。

中缅边界真是和平边界。两国之间，不但毫无壁垒，连一道铁丝网都没有，简直不像两国的分界。我们到畹町的界桥看过。桥头有一个检查站，旗杆上飘着中华人民共和国的国旗。一个缅甸小女孩提了饭盒走过界桥。她妈在畹町街上摆摊子做生意，她来给妈送饭来了。她每天过来，检查站的都认得她。她大摇大摆地走过来，脸上带着一点笑。意思是：我又来了，你们好！站在国境线上，我才真正体会到中缅人民真是胞波。陈毅同志诗：“共饮一江水”，是纪实，不是诗人的想象。

车经喊撒。喊撒有一个比较大的奘房，要去看看。

进寨子，有一家正在办丧事，陪同的同志说：“可以到他家坐坐。”傣族人对生死看得比较超脱，人过五十五死去，亲友不哭。这也许和信小乘佛教有关。这家的老人是六十岁死的，算是“喜丧”了。进寨，寨里的人似都没有哀戚的神色，只是显得很沉静。有几个中年人在糊扎引魂的幡幢——傣族人死后，要给他制一个缅塔尖顶似的纸幡幢，用竹竿高高地竖起来，这样他的灵魂才能上天。几个年轻人不紧不慢地敲铓锣、象脚鼓，另外一些人好像在忙着做饭。傣族的风俗，人死了，亲友要到这家来坐五天。这位老人死已三日，已经安葬，亲友们还要坐两天。我们脱鞋，登木梯，上了竹楼。竹楼很宽敞，一侧堆了很多叠得整整齐齐的被子，有二十来个岁数较大的男男女女在楼板上坐着，抽烟、喝茶。他们也极少说话，静静的。

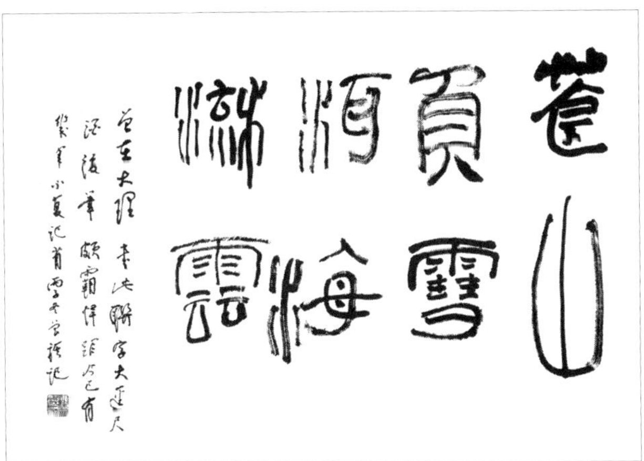

苍山负雪　洱海流云
曾在大理书此联，字大径尺，酒后笔颇霸悍。
距今已有几年不复记省
丙子冬　曾祺记

奘房是赕佛的地方。赕是傣语，本意是以物献佛，但不如说听经拜佛更确切些。傣族的赕佛，大体上是有一个男人跪在佛的前面诵念经文，很多信佛的跪在他身后听着。诵经人穿着如常人，也并无钟鼓法器，只是他一个人念，声音平直。偶尔拖长，大概是到了一个段落。傣族的跪，实系中国古代人的坐。古人席地而坐。膝着地，臀部落于脚跟，谓之坐。——如果直身，即为“长跪”。傣族赕佛时的姿势正是这样。

喊撒奘房的出名，除了比较大，还因为有一位佛爷。这位佛爷多年在缅甸，前三年才被请了回来。他并不领头赕佛，却坐在偏殿上。佛爷名叫伍并亚温撒，是全国佛教协会的理事，岁数不很大。他着了一身杏黄色的僧衣。这种僧衣不知叫什么，不是褊衫，也不是袈裟，上身好像只是一块布，缠裹着，袒其右臂。他身前坐了一些善男子。有人来了，向他合十为礼，他也点头笑答。有些信徒抽用一种树叶卷成的像雪茄似的烟。佛爷并不是道貌岸然，很随和。他和信徒们随意交谈。谈的似乎不是佛理，只是很家常的话，因为他不时发出很有人情味的笑声。

近午，至大等喊。等喊，傣语是堆金子的地方。因为有两个寨子都叫等喊，汉族人就在前面多加了一个字，一个叫大等喊，一个叫小等喊。傣语往往用很少的音节表很多的意思，如畹町，意思是太阳当顶的地方。因为电影《葫芦信》《孔雀公主》都在大等喊拍过外景，所以旅游的人都想来看看。

住的旅馆名“醉仙楼”，这是个汉族名字，老板在招牌下面于是又加了两个字：傣家。老板是汉人，夫人是傣族。两层的木结构建筑，作曲尺形。房间不多，作家访问团二十余人，就基本上住满了。房间里有床，并不是叫我们睡在地板上。房屋样式稍稍有点像竹楼。老板又花了钱把拍《葫芦信》和《孔雀公主》的布景上的装饰零件和木雕的佛龛之类买了下来，配置在廊厦角落，于是就很有点傣味了。

一住下来，泡一杯茶，往藤椅一坐，觉得非常舒服。连日坐汽车，参加活动，大家都累了，需要休息。

醉仙楼在寨口。一条平路，通到寨子里。寨里有几条岔路，也极平整。寨里极安静。到处都是干干净净的。空气好极了。到处是树。一丛一丛的凤尾竹，很多柚子树。大等喊的柚子是很有名的。现在不是柚子成熟的时候，只看见密密的深绿的树叶。空气里有一种淡淡的清苦的味道，就是柚树叶片散发出来的。这里那里安置了一座一座竹楼，错落有致。傣家的竹楼不是紧挨着的，各家之间都有一段距离。除了当路的正门，竹楼的三面都是树。有一座奘房，大门锁着。我们到寨里一家首富的竹楼上做了一会儿客，女主人汉话说得很好，善于应酬。楼上真是纤尘不染。

醉仙楼的傣族特点不在住房，而在饭食。我们在这里吃了四顿地道的傣族饭。芭蕉叶蒸豆腐。拿上来的是一个绿色的芭蕉叶的包袱，解开来，里面是豆腐，还加了点碎肉、香料，鲜嫩无比。竹筒烤牛肉。一截二尺许长的青竹，把拌了佐料的牛肉塞在里面，筒口用树叶封住，放在柴火里烤熟，切片装盘。牛肉外面焦脆，闻起来香，吃起来有嚼头。牛肉丸子。傣族人很会做牛肉。丸子小小的，我们吃了都以为是鱼丸子，因为极其细嫩。问了问，才知道是牛肉的。做这种丸子不用刀剁，而是用两根铁棒敲，要敲两个小时。苦肠丸子，苦肠是牛肠里没有完全消化的青草。傣族人生吃，做调料，蘸肉，是难得的美味。听说要请我们吃苦肠，我很高兴。只是老板怕我们吃不来，是和在肉丸子里蒸了的。有一点苦味，大概是因为碎草里有牛的胆汁。其实我倒很想尝尝生苦肠的味道。弄熟了，意思就不大了。当然，还少不了傣家的看家菜：酸笋煮鸡。不过这道菜我们在畹町、芒市都已经吃过了。小菜是酸腌菜、鱼眼睛菜——一种树的嫩头，有小骨朵如鱼眼，酸渍。傣族人喜食酸。

醉仙楼的老板不俗。他供应我们这几顿傣家饭是没有多少赚头的。他要请我们写几个字，特地大老远地跑到县城，和一位画家匀来了几张宣纸。醉仙楼每个房间里都放着一个缅甸细陶水壶，通身乌黑，造型很美。好几个作家想托他买。因为这两天没有缅甸人过来赶集，老板就按原价卖给了他们。这些作家于是一人攮了一个陶壶，上路了。

大等喊小住两天，印象极好。

这里的乌鸦比北方的小，鸟身细长，鸣声比较尖细，不像北方乌鸦哇哇地哑叫。

一九八七年五月八日

滇南草木状

尤加利树　尤加利树北方没有。四十六年前到昆明始识此树。树叶厚重，风吹作金石声。在屋里静坐读书，听着哗啦哗啦的声音，会忽然想起，这是昆明。说不上是乡愁，只是有点觉得此身如寄。因此对尤加利树颇有感情。

尤加利树木理旋拧，有一个特殊的用途，做枕木，经得起震，不易裂。现在枕木大都改成钢或水泥制造的了，这种树就不那么受到重视了。树叶提汁，可制糖果，即桉叶糖。爱吃桉叶糖的人也不是很多。

连云宾馆门内有一棵大尤加利树，粗可合抱，少见。

叶子花 昆明叶子花多，楚雄更多。龙江公园到处都是叶子花。这座公园是新建的，建筑物的墙壁栏杆的水泥都发干净的灰白色，叶子花的紫颜色更把公园衬托得十分明朗爽洁。芒市宾馆一丛叶子花攀附在一棵大树上。树有四丈高，花一直开到树顶。

叶子花的紫，紫得很特别，不像丁香，不像紫藤，也不像玫瑰，它就是它自己那样的一种紫。

叶子花夏天开花。但在我的印象里，它好像一年到头都开，老开着，没有见它枯萎凋谢过。大概它自己觉得不过是叶子，就随便开开吧。

叶子花不名贵，但不讨厌。

马缨花 走进龙江公园，我对市文联的同志说："楚雄如果选市花，可以选叶子花。"文联的同志说："彝族有自己的花，——马缨花。"马缨花？马缨花即合欢，北方多得很。"这是杜鹃科，杜鹃的一种。"那么这不是合欢。走进开座谈会的会议室，桌上摆了一盆很大的花，我问："这是不是马缨花？"——"是的，是的。"名不虚传！这株马缨花干粗如酒杯口，横卧而出，矫健如龙，似欲冲盆飞去。叶略似杜鹃而长，一丛一丛的，相抱如莲花瓣。周围的叶子深绿色，中心则为嫩绿。干端叶较密集，绿叶中开出一簇火红的花。花有点像杜鹃，但花瓣较坚厚，不像杜鹃那样的薄命相。花真是红。这是正红，大红。彝族人叫它马缨花是有道理的。云南的马缨不是麻丝攒成的，而是用一方红布扎成一个绣球。马缨不是缀在马的颈下，而是结在马的前额，如果是白

有缘皆曲，无瓣不垂。

丙子秋　曾祺

马或黑马，老远就看得见，非常显眼。额头有马缨的马，多半是马帮里的头马。把这种花叫作马缨花，神似。马缨花大红大绿，颜色华贵，而姿态又颇奔放，于端庄中透出粗野，真是难得！

车行在高黎贡山中，公路两边的丛岭中，密林深处，时时可以看到一树通红通红的马缨花。

令箭　云南人爱种花。楚雄街道两边楼房的栏杆上摆得满满的花，各色各样，令箭尤其多。令箭北方常见，但不如楚雄的开花开得多。北方令箭，开十几朵就算不错，楚雄的令箭一盆开花上百朵。一片叶子上密密匝匝地涨出了好多骨朵，大概都有三十几个，真不得了！滇南草木，得天独厚，没有话说。

一品红　北京的一品红是栽在盆里的，高二三尺。芒市、盈江的一品红长成一人多高的树，绿叶少而红叶多，这也未免太过分了！

兰　云南兰花品类极多。盈江县招待所庭院中有 棵香樟树，树丫里寄生的兰花就有四种。这都是热带兰花。有一种是我认得的，虎头兰。花大，浅黄色。有一舌，舌

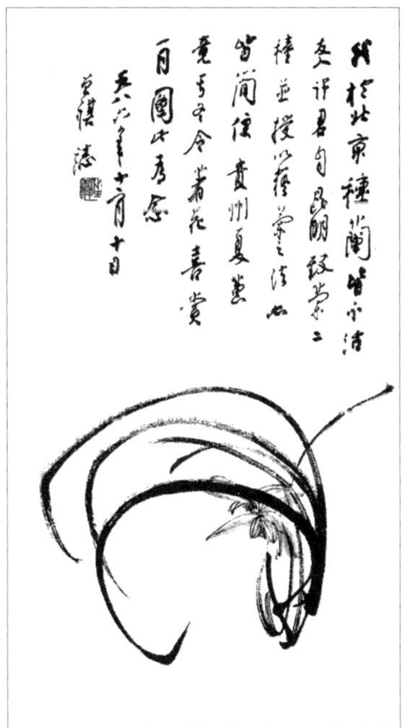

我于北京种兰皆不活，友人许君自昆明致兰二种，并授以艺兰之法，亦皆简便。贵州夏蕙竟于冬令著花，喜赏一月，图此为念。　一九八六年十二月十日　曾祺志

白，舌端有紫色斑点。其余三种都未见过。一种开白花，一种开浅绿花。另一种开淡银红色的花，花瓣边似剪秋罗，很长的一串，除了有兰花一样的长叶子披下来，真很难说这是兰花。

兰中最贵重的是素心兰。大理街上有一家门前放了两盆素心兰，旁贴一纸签："出售"。一看标价：二百。大理是素心兰的产地，本地昂贵如此，运到外地，可想而知。素心兰种在高高的泥盆里。盆腹鼓起，如一小坛。

在保山，有人要送我一盆虎头兰。怎么带呢？

茶花　茶花已经开过了。遗憾。

闻丽江有一棵茶花王，每年开花万朵，号称"万朵茶花"，——当然这是累计的，一次开不了那样多。不过这也是奇迹了。有人告诉过我，茶花最多只能开三百朵。

大青树　大青树不成材，连烧火都不燃，故能不遭斧斤，保其天年，唯堪与过往行人遮阴，此不材之材。滇南大青树多"一树成林"。

紫薇　紫薇我没有见过很大的。昆明金殿两边各有一棵紫薇，树上挂一木牌，写明是"明代紫薇"，似可信。树干近根部已经老得不成样了，疙瘩溜秋。梢头枝叶犹繁茂，开花时，必有可观。用手指搔搔它的树干，无反应。它已经那么老了，不再怕痒痒了。

一九八七年五月十一日

注释

原载《滇池》一九八七年第八期。

观音寺

我在观音寺住过一年。观音寺在昆明北郊，是一个荒村，没有什么寺。——从前也许有过。西南联大有几个同学，心血来潮，办了一所中学。他们不知通过什么关系，在观音寺找了一处校址。这原是资源委员会存放汽油的仓库，废弃了。我找不到工作，闲着，跟当校长的同学说一声，就来了。这个汽油仓库有几间比较大的屋子，可以当教室，有几排房子可以当宿舍，倒也像那么一回事。房屋是简陋的，瓦顶、土墙，窗户上没有玻璃。——那些五十三加仑的汽油桶是不怕风雨的。没有玻璃有什么关系！我们在联大新校舍住了四年，窗户上都没有玻璃。在窗格上糊了桑皮纸，抹一点青桐油，亮堂堂的，挺有意境。教员一人一间宿舍，室内床一、桌一、椅一。还要什么呢？挺好。每个月还有一点微薄的薪水，饿不死。

这地方是相当野的。我来的前一学期，有一天，薄暮，有一个赶马车的被人捅了一刀，——昆明市郊之间通马车，马车形制古朴，一个有篷的车厢，厢内两边各有一条木板，可以坐八个人，马车和身上的钱都被抢去了，他手里攥着一截突出来的肠子，一边走，一边还问人："我这是什么？我这是什么？"

因此这个中学里有几个校警，还有两支老旧的七九步枪。

学校在一条不宽的公路边上，大门朝北。附近没有店铺，也不见有人家。西北围墙外是一个孤儿院。有二三十个孩子，都挺瘦。有一个管理员。这位管理员不常出来，不知道是什么样子，但是他的声音我们很熟悉。他每天上午、下午都要教这些孤儿唱戏。他大概是云南人，教唱的却是京戏。而且老是那一段：《武家坡》。他唱一句，孤儿们跟着唱一句。"一马离了西凉界"，——"一马离了西凉界"；"不由人一阵阵泪洒胸怀"，——"不由人一阵阵泪洒胸怀"。听了一年《武家坡》，听得人真想泪洒胸怀。

孤儿院的西边有一家小茶馆，卖清茶、葵花子，有时也有两块芙蓉糕。还卖市酒。昆明的白酒分升酒（玫瑰重升）和市酒。市酒是劣质白酒。

再往西去，有一个很奇怪的单位，叫作"灭虱站"。这还是一个国际性的机构，是美国救济总署办的，专为国民党的士兵消灭虱子。我们有时看见一队士兵开进大门，过了一会儿，在我们附近散了一会儿步之后，又看见他们开了出来。听说这些兵进去，脱光衣服。在身上和衣服上喷一种什么药粉，虱子就灭干净了。

这有什么用呢？过几天他们还不是浑身又长出虱子来了么？

我们吃了午饭、晚饭常常出去散步。大门外公路对面是一大片农田。田里种的不是稻麦，却是胡萝卜。昆明的胡萝卜很好，浅黄色，粗而且长，细嫩多水分，味微甜。联大学生爱买了当水果吃，因为很便宜。女同学尤其爱吃，因为据说这种胡萝卜含少量的砒，吃了可以驻颜。常常看见几个女同学一人手里提了一把胡萝卜。到了宿舍里，嘎吱嘎吱地嚼。胡萝卜田是很好看的。胡萝卜叶子琐细，颜色浓绿，密密地，把地皮盖得严严的，说它是“堆锦积绣”，毫不为过。再往北，有一条水渠。渠里不常有水。渠沿两边长了很多木香花。开花的时候白灿灿的耀人眼目，香得不得了。

学校后面——南边是一片丘陵。山上有一口池塘。这池塘下面大概有泉眼，所以池水常满，很干净。这样的池塘按云南人的习惯应该叫作“龙潭”。龙潭里有鱼，鲫鱼。我们有时用自制的鱼竿来钓鱼。这里的鱼未经人钓过，很易上钩。坐在这样的人迹罕至的池边，仰看蓝天白云，俯视钓丝，不知身在何世。

东面是坟。昆明人家的坟前常有一方平地，大概是为了展拜用的。有的还有石桌石凳，可以坐坐。这里有一些矮柏树，到处都是蓝色的野菊花和报春花。这种野菊花非常顽强，连根拔起来养在一个破钵子里，可以开很长时间的花。这里后来成了美国兵开着吉普带了妓女来野合的场所。每到月白风清的夜晚，就可以听到公路上不断有吉普车的声音。美国兵野合，好像是有几个集中的地方的，并不到处撒野。他们不知怎么看中了这个地方。他们扔下了好多保险套，白花花的，到处都是。后来我们就不大来了。这个玩意，总是不那么雅观。

我们的生活很清简。教书，看书。打桥牌，聊大天。吃野菜，吃灰菜、野苋菜。还吃一种叫作豆壳虫的甲虫。我在小说《老鲁》里写的，都是真事。哦，我们还演过话剧，《雷雨》，师生合演。演周萍的叫王惠。这位老兄一到了台上简直是晕头转向。他站错了地位，导演着急，在布景后面叫他："王惠，你过来！"他以为是提词，就在台上大声嚷嚷："你过来！"弄得同台的演员莫名其妙。他忘了词，无缘无故在台上大喊："鲁贵！"我演鲁贵，心说：坏了，曹禺的剧本里没有这一段呀！没法子，只好上去，没话找话："大少爷，您明儿到矿上去，给您预备点什么早点？煮几个鸡蛋吧！"他总算明白过来了："好，随便，煮鸡蛋！去吧！"

生活清贫，大家倒没有什么灾病。王惠得了一次破伤风，——打篮球碰破了皮，感染了。有一个姓董的同学和另一个同学搭一辆空卡车进城。那个同学坐在驾驶室里，他靠在卡车后面的挡板上，挡板的铁闩松开了，他摔了下去。等找到他的时候，坏了，他不会说中国话了，只会说英语，而且只有两句："I am cold，I am hungry"（我冷，我饿）。翻来覆去，说个不停。这二位都治好了。我们那时都年轻，很皮实，不太容易被疾病打倒。

炮仗响了。日本投降那天，昆明到处放炮仗，昆明人就把抗战胜利叫作"炮仗响了"。这成了昆明人计算时间的标记，如："那会儿炮仗还没响""这是炮仗响了之后一个月的事情"。大后方的人纷纷忙着"复员"，我们的同学也有的联系汽车，计划着"青春作伴好还乡"。有些因为种种原因，一时回不去，不免有点恓恓惶惶。有人抄了一首唐诗贴在墙上：

故园东望路漫漫，
双袖龙钟泪不干。
马上相逢无纸笔，
凭君传语报平安。

诗很对景，但是心情其实并不那样酸楚。昆明的天气这样好，有什么理由急于离开呢？这座中学后来迁到篆塘到大观楼之间的白马庙，我在白马庙又接着教了一年，到一九四六年八月，才走。

注释

原载《滇池》一九八七年第六期。

七载云烟

天地一瞬

我在云南住过七年，一九三九至一九四六年。准确地说，只能说在昆明住了七年。昆明以外，最远只到过呈贡，还有滇池边一片沙滩极美、柳树浓密的叫作斗南村的地方，连富民都没有去过。后期在黄土坡、白马庙各住过年把二年，这只能算是郊区。到过金殿、黑龙潭、大观楼，都只是去游逛，当日来回。我们经常活动的地方是市内。市内又以正义路及其旁出的几条横街为主。正义路北起华山南路，南至金马碧鸡牌坊，当时是昆明的贯通南北的干线，又是市中心所在。

我们到南屏大戏院去看电影，——演的都是美国片子。更多的时间是无目的地闲走，闲看。

我们去逛书店。当时书店都是开架售书，可以自己抽出书来看。有的穷大学生会靠在柜台一边，看一本书，一看两三个小时。

逛裱画店。昆明几乎家家都有钱南园的写得四方四正的颜字对联。还有一个吴忠荩老先生写得极其流利但用笔扁如竹篾的行书四扇屏。慰情聊胜无，看看也是享受。

武成路后街有两家做锡箔的作坊。我每次经过，都要停下来看做锡箔的师傅在一个木墩上垫了很厚的粗草纸，草纸间衬了锡片，用一柄很大的木槌，使劲夯砸那一垛草纸。师傅浑身是汗，于是锡箔就槌成了。没有人愿意陪我欣赏这种捶锡箔艺术，他们都以为："这有什么看头！"

逛茶叶店。茶叶店有什么逛头？有！华山西路有一家茶叶店，一壁挂了一副嵌在镜框里的米南宫体的小对联。字写得好，联语尤好：

> 静对古碑临黑女
> 闲吟绝句比红儿

我觉得这对得很巧，但至今不知道这是谁的句子。尤其使我不明白的，是这家茶叶店为什么要挂这样一副对子？

我们每天经过，随时往来的地方，还是大西门一带。大西门里的文林街，大西门外的凤翥街、龙翔街。"凤翥""龙翔"，不知道是哪位擅于辞藻的文人起下的富丽堂皇的街名，其实这只是两条丁字形的小小的横竖街。街虽小，人却多，气味浓稠。这是

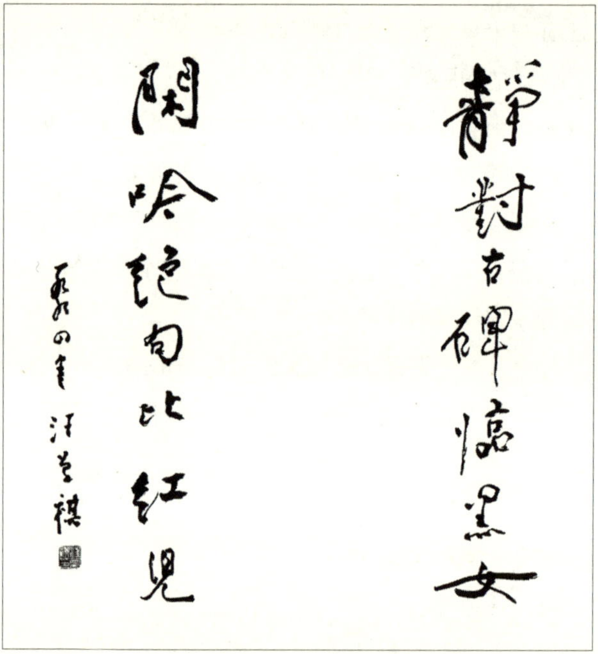

静对古碑临黑女　闲吟绝句比红儿
一九九四年　汪曾祺

来往滇西的马锅头卸货、装货、喝酒、吃饭、抽鸦片、睡女人的地方。我们在街上很难“深入”这种生活的里层，只能切切实实地体会到：这是生活！我们在街上闲看。看卖木柴的，卖木炭的，卖粗瓷碗、卖砂锅的，并且常常为一点细节感动不已。

但是我生活得最久，接受影响最深，使我成为这样一个人，这样一个作家，——不是另一种作家的地方，是西南联大，新校舍。

骑了毛驴考大学

万里长征，
辞却了五朝宫阙。
暂驻足，
衡山湘水，
又成离别。
绝徼移栽桢干质，
九州遍洒黎元血。
尽笳吹弦诵在山城，
情弥切……

——西南联大校歌

日寇侵华，平津沦陷，北大、清华、南开被迫南迁，组成一个大学，在长沙暂住，名为“临时大学”。后迁云南，改名“国立西南联合大学”，简称“西南联大”。这是一座战时的、临时性的大学，但却是一个产生天才，影响深远，可以彪炳于世界大学之林，与牛津、剑桥、哈佛、耶鲁平列而无愧色的，窳陋而辉煌的，奇迹一样的，“空前绝后”的大学。哦，我的母校，我的西南联大！

像蜜蜂寻找蜜源一样飞向昆明的大学生，大概有几条路径。

一条是陆路。三校部分同学组成“西南旅行团”，由长沙出发，走向大西南。一路夜宿晓行，埋锅造饭，过的完全是军旅生活。他们的“着装”是短衣，打绑腿，布条编的草鞋，背负薄薄的一卷行李，行李卷上横置一把红油纸伞，有点像后来的大串联的红卫兵。除了摆渡过河外，全是徒步。自长沙至昆明，全程三千五百里，算得是一个壮举。旅行团有部分教授参加，闻一多先生就是其中之一。闻先生一路画了不少铅笔速写。其时闻先生已经把胡子留起来了，——闻先生曾发愿:抗战不胜，誓不剃须！

另一路是海程。由天津或上海搭乘怡和或太古轮船，经香港，到越南海防，然后坐滇越铁路火车，由老街入境，至昆明。

有意思的是，轮船上开饭，除了白米饭之外，还有一箩高粱米饭。这是给东北学生预备的。吃高粱米饭，就咸鱼、小虾，可以使“我的家在东北松花江上”的流亡学生得到一点安慰，这种举措很有人情味。

我们在上海就听到滇越路有瘴气，易得恶性疟疾，沿路的水不能喝，于是带了好多瓶矿泉水。当时的矿泉水是从法国进口的，很贵。

没有想到恶性疟疾照顾上了我！到了昆明，就发了病，高烧超过四十度，进了医院，医生就给我打了强心针（我还跟护士开玩笑，问“要不要写遗书？”）。用的药是606，我赶快声明：我没有生梅毒！

出了院，晕晕乎乎地参加了全国统一招生考试。上帝保佑，竟以第一志愿被录取，我当时真是像做梦一样。

当时到昆明来考大学的，取道各有不同。

有一位历史系姓刘的同学是自己挑了一担行李，从家乡河南一步一步走来的。这人的样子完全是一个农民，说话乡音极重，而且四年不改。

有一位姓应的物理系的同学，是在西康买了一头毛驴，一路骑到昆明来的。此人精瘦，外号“黑鬼”，宁波人。

这样一些莘莘学子，不远千里，从四面八方奔到昆明来，考入西南联大，他们来干什么，寻找什么？

大部分同学是来寻找真理，寻找智慧的。

也有些没有明确目的，糊里糊涂的。我在报考申请书上填了西南联大，只是听说这三座大学，尤其是北大的学风是很自由的，学生上课、考试，都很随便，可以吊儿郎当。我就是冲着吊儿郎当来的。

我寻找什么？

寻找潇洒。

斯是陋室

西南联大的校舍很分散，很多处是借用昆明原有的房屋、学校、祠堂。自建的，集中，成片的校舍叫“新校舍”。

新校舍大门南向，进了大门是一条南北大路。这条路是土路，下雨天滑不留足，摔倒的人很多。这条土路把新校舍划分成东西两区。

西边是学生宿舍。土墙，草顶。土墙上开了几个方洞，方洞上竖了几根不去皮的树棍，便是窗户。挨着土墙排了一列双人木床，一边十张，一间宿舍可住四十人，桌椅是没有的。两个装肥皂的木箱摞起来，既是书桌，也是衣柜。昆明不知道哪里来的那么多肥皂箱，很便宜，男生女生多数都有这样一笔“财产”。有的同学在同一宿舍中一住四年不挪窝，也有占了一个床位却不来住的。有的不是这个大学的，却住在这里。有一位，姓曹，是同济大学的，学的是机械工程，可是他从来不到同济大学去上课，却从早到晚趴在木箱上写小说。有些同学成天在一起，乐数晨夕，堪称知己。也有老死不相往来，几乎等于不认识的。我和那位姓刘的历史系同学就是这样，我们俩同睡一张木床，他住上铺，我住下铺，却很少见面。他是个很守规矩、很用功的人，每天按时作息。我是个夜猫子，每天在系图书馆看一夜书，到天亮才回宿舍。等我回屋就寝时，他已经在校园树下苦读英文了。

大路的东侧，是大图书馆。这是新校舍唯一的一座瓦顶的建筑。每天一早，就有人等在门外“抢图书馆”，——抢位置，抢指定参考书。大图书馆藏书不少，但指定参考书总是不够用的。

每月月初要在这里开一次“国民精神总动员月会”，简称“国民月会”。把图书馆大门关上，钉了两面交叉的党国旗，便是会场。所谓月会，就是由学校的负责人讲一通话。讲的次数最多的是梅贻琦，他当时是主持日常校务的校长（北大校长蒋梦麟、南开校长张伯苓）。梅先生相貌清癯，人很严肃，但讲话有时很幽默。有一个时期昆明闹霍乱，梅先生告诫学生不要在外面乱吃，说：“有同学说：‘我在外面乱吃了好多次，也没有得一次霍乱’，同学们！这种事情是不能有第二次的。”

更东，是教室区。土墙，铁皮屋顶（涂了绿漆）。下起雨来，铁皮屋顶被雨点打得乒乒乓乓地响，让人想起王禹偁的《黄冈竹楼记》。

这些教室方向不同，大小不一，里面放了一些一边有一块平板，可以在上面记笔记的木椅，都是本色，不漆油漆。木椅的设计可能还是从美国传来的，我在爱荷华、耶鲁都看见过。这种椅子的好处是不固定，可以从这个教室到那个教室任意搬来搬去。吴宓（雨僧）先生讲《红楼梦》，一看下面有女生还站着，就放下手杖，到别的教室去搬椅子。于是一些男同学就也赶紧到别的教室去搬椅子。到宝姐姐、林妹妹都坐下了，吴先生才开始讲。

这样的陋室之中，却培养了很多优秀的人才。

联大五十周年校庆时，校友从各地纷纷返校。一位从国外赶回来的老同学（是个男生），进了大门就跪在地下放声大哭。

前几年我重回昆明，到新校舍旧址（现在是云南师范大学）看了看，全都变了样，什么都没有了，只有东北角还保存了一间铁皮屋顶的教室，也岌岌可危了。

不衫不履

联大师生服装各异，但似乎又有一种比较一致的风格。

女生的衣着是比较整洁的。有的有几件华贵的衣服，那是少数军阀商人的小姐。但是她们也只是参加 party 时才穿，上课时不会穿得花里胡哨的。一般女生都是一身阴丹士林旗袍，上身套一件红毛衣。低年级的女生爱穿“工裤”，——劳动布的长裤，上面有两条很宽的带子，白色或浅花的衬衫。这大概本是北京的女中学生流行的服装，这种风气被贝满等校的女生带到昆明来了。

男同学原来有些西装革履、裤线笔直的，也有穿麂皮夹克的，后来就日渐少了，绝大多数是蓝布长衫、长裤。几年下来，衣服破旧，就想各种办法“弥补”，如贴一张橡皮膏之类。有人裤子破了洞，不会补，也无针线，就找一根麻筋，把破洞结了一个疙瘩。这样的疙瘩名士不止一人。

教授的衣服也多残破了。闻一多先生有一个时期穿了一件一个亲戚送给他的灰色夹袍，式样早就过时，领子很高，袖子很窄。朱自清先生的大衣破得不能再穿，就买了一件云南赶马人穿的深蓝氆氇的一口钟（大概就是彝族查尔瓦）披在身上，远看有点像一个侠客。有一个女生从南院（女生宿舍）到新校舍去，天已经黑了，路上没有人，她听到后面有梯里突鲁的脚步声，以为是坏人追了上来，很紧张，回头一看，是化学教授曾昭抡。他穿了一双空前（露着脚趾）绝后鞋（后跟烂了，提不起来，只能半趿着），因此发出此梯里突鲁的声音。

联大师生破衣烂衫，却每天孜孜不倦地做学问，真是穷且益坚，不坠青云之志，这种精神，人天可感。

当时“下海”的，也有。有的学生跑仰光、腊戌，趸卖“玻璃丝袜”“旁氏口红”；有一个华侨同学在南屏街开了一家很大的咖啡馆，那是极少数。

采薇

太学生大都爱吃，食欲很旺，有两个钱都吃掉了。

初到昆明，带来的盘缠尚未用尽，有些同学和家乡邮汇尚通，不时可以得到接济，一到星期天就出去到处吃馆子。汽锅鸡、过桥米线、新亚饭店的过油肘子、东月楼的锅贴乌鱼、映时春的油淋鸡、小西门马家牛肉馆的牛肉、厚德福的铁锅蛋、松鹤楼的乳腐肉、“三六九”（一家上海面馆）的大排骨面，全都吃了一个遍。

钱逐渐用完了，吃不了大馆子，就只能到米线店里吃米线、饵块。当时米线的浇头很多，有焖鸡（其实只是酱油煮的小方块瘦肉，不是鸡）、爨肉（即肉末，音川，云南人不知道为什么爱写这样一个笔画繁多的怪字）、鳝鱼、叶子（油炸肉皮煮软，有的地方叫“响皮”，有的地方叫“假鱼肚”）。米线上桌，都加很多辣椒，——“要解馋，辣加咸”。如果不吃辣，进门就得跟堂倌说：“免红！”

到连吃米线、饵块的钱也没有的时候，便只有老老实实到新校舍吃大食堂的“伙食”。饭是“八宝饭”，通红的糙米，里面有砂子、木屑、老鼠屎。菜，偶尔有一碗回锅肉、炒猪血（云南谓之“旺子”），常备的菜是盐水煮芸豆，还有一种叫“魔芋豆腐”的紫灰色的，烂糊糊的淡而无味的奇怪东西。有一位姓郑的同学告诫同学：饭后不可张嘴——恐怕飞出只鸟来！

一九四四年，我在黄土坡一个中学教了两个学期。这个中学是联大同学办的，没有固定经费，薪水很少。到后来连一点极少的薪水也发不出来，校长（也是同学）只能设法弄一点米来，让教员能吃上饭。菜，对不起，想不出办法。学校周围有很多野菜，我们就吃野菜。校工老鲁是我们的技术指导。老鲁是山东人，原是个老兵，照他说，可吃的野菜简直太多了，但我们吃得最多的是野苋菜（比园种的家苋菜味浓）、灰菜（云南叫作灰藋菜，“藋”字见于《庄子》，是个很古的字），还有一种样子像一根鸡毛掸子的扫帚苗。野菜吃得我们真有些面有菜色了。

有一个时期附近小山上柏树林里飞来很多硬壳昆虫，黑色，形状略似金龟子，老鲁说这叫豆壳虫，是可以吃的，好吃！他捉了一些，撕去硬翅，在锅里干爆了，撒了一点花椒盐，就起酒来。在他的示范下，我们也爆了一盘，闭着眼睛尝了尝，果然好吃。有点像盐爆虾，而且有一股柏树叶的清香，——这种昆虫只吃柏树叶，别的树叶不吃。于是我们有了就酒的酒菜和下饭的荤菜。这玩意多得很，一会儿的工夫就能捉一大瓶。

要写一写我在昆明吃过的东西，可以写一大本，撮其大要写了一首打油诗。怕读者看不明白，加了一些注解，诗曰：

重升肆里陶杯绿[①]，
饵块摊头炭火红[②]。
正义路边养正气[③]，

---

① 昆明的白酒分市酒和升酒。市酒是普通白酒，升酒大概是用市酒再蒸一次，谓之“玫瑰重升”，似乎有点玫瑰香气。昆明酒店都是盛在绿陶的小碗里，一碗可盛二小两。

② 饵块分两种，都是米面蒸熟了的。一种状如小枕头，可做汤饵块、炒饵块。一种是椭圆的饼，状如鞋底，在炭火上烤得发泡，一面用竹片涂了芝麻酱、花生酱、甜酱油、油辣子，对合而食之，谓之“烧饵块”。

③ 汽锅鸡以正义路牌楼旁一家最好。这家无字号，只有一块匾，上书大字：“培养正气”，昆明人想吃汽锅鸡，就说：“我们今天去培养一下正气。”

小西门外试撩青[①]。
人间至味干巴菌[②]，
世上馋人大学生。
尚有灰藋堪漫吃[③]，
更循柏叶捉昆虫。

一半光阴付苦茶

昆明的大学生（男生）不坐茶馆的大概没有。不可一日无此君，有人一天不喝茶就难受。有人一天喝到晚，可称为“茶仙”。茶仙大抵有两派。一派是固定茶座。有一位姓陆的研究生，每天在一家茶馆里喝三遍茶，早，午，晚。他的牙刷、毛巾、洗脸盆就放这家茶馆里，一起来就上茶馆。另一派是流动茶客，有一姓朱的，也是研究生，他爱到处遛，腿累了就走进一家茶馆，坐下喝一气茶。全市的茶馆他都喝遍了。他不但熟悉每一家茶馆，并且知道附近哪是公共厕所，喝足了茶可以小便，不致被尿憋死。

---

① 小西门马家牛肉极好。牛肉是蒸或煮熟的，不卖炒菜，分部位，如“冷片”“汤片”……有的名称很奇怪，如大筋（牛鞭）、“领肝”（牛肚）。最特别的是“撩青”（牛舌，牛的舌头可不是撩青草的么？但非懂行人会觉得这很费解）。“撩青”很好吃。

② 昆明菌子种类甚多，如“鸡圾”，这是菌中之王。但至今我还不知道为什么只在白蚁窝上长“牛肝菌”（色如牛肝，生时熟后都像牛肝，有小毒，不可多吃，且须加大量的蒜，否则会昏倒。有个女同学吃多了牛肝菌，竟至休克）。“青头菌”，菌盖青绿，菌丝白色，味较清雅。味道最为隽永深长、不可名状的是干巴菌。这东西中吃不中看，颜色紫褐，不成模样，简直像一堆牛屎，里面又夹杂了一些松毛、杂草。可是收拾干净了，撕成蟹腿状的小片，加青辣椒同炒，一箸入口，酒兴顿涨，饭量猛开。这真是人间至味！

③ “藋”字云南读平声。

关于喝茶，我写过一篇《泡茶馆》，已经发表过，写得相当详细，不再重复，有诗为证：

水厄囊空亦可赊[1]，
枯肠三碗嗑葵花[2]。
昆明七载成何事？
一半光阴付苦茶。

茶馆

水流云在

云南人对联大学生很好，我们对云南、对昆明也很有感情。我们为云南做了一些什么事，留下一点什么？

---

① 我们和凤翥街几家茶馆很熟，不但喝茶，吃芙蓉糕可以欠账，甚至可以向老板借钱去看电影。

② 茶馆常有女孩子来卖炒葵花子，绕桌轻唤：“瓜子瓜，瓜子瓜。”

有些联大师生为云南做了一些有益的实事，比如地质系师生完成了《云南矿产普查报告》，生物系师生写出了《中国植物志·云南卷》的长编初稿。具他还有多少科研成果，我不大知道，我不是搞科研的。

比较明显的，普遍的影响是在教育方面。联大学生在中学兼课的很多，连闻一多先生都在中学教过国文，这对昆明中学生学业成绩的提高，是有很大作用的。

更重要的是使昆明学生接受了民主思想，呼吸到独立思考、学术自由的空气，使他们为学为人都比较开放，比较新鲜活泼。这是精神方面的东西，是抽象的，是一种气质，一种格调，难于确指，但是这种影响确实存在。如云如水，水流云在。

一九九四年二月十五日

注释

原载《中国作家》一九九四年第四期。

国子监

《北京文艺》叫我写一写国子监。我到国子监去逛了一趟，不得要领。从首都图书馆抱了几十本书回来，看了几天，看得眼花气闷，而所得不多。后来，我去找了一个“老”朋友聊了两个晚上，倒像是明白了不少事情。我这朋友世代在国子监当差，“侍候”过翁同龢、陆润庠、王垿等祭酒，给新科状元打过“状元及第”的旗，国子监生人，今年七十三岁，姓董。

国子监，就是从前的大学。

这个地方原先是什么样子，没法知道了（也许是一片荒郊）。立为国子监，是在元代迁都大都以后，至元二十四年（一二八七年），距今约已近七百年。

元代的遗迹，已经难于查考。给这段时间做证的，有两棵老树：一棵槐树，一棵柏树。一在彝伦堂前，一在大成殿阶下。据说，这都是元朝的第一任国立大学校长——国子监祭酒许衡手植的。柏树至今仍颇顽健，老干横枝，婆娑弄碧，看样子还能再活个几百年。那棵槐树，约有北方常用二号洗衣绿盆粗细，稀稀疏疏地披着几根细瘦的枝条，干枯僵直，全无一点生气，已经老得不成样子了，很难断定它是否还活着。传说它老早就已经死过一次，死了几十年，有一年不知道怎么又活了。这是乾隆年间的事，这年正赶上是慈宁太后的六十“万寿”，嗬，这是大喜事！于是皇上、大臣赋诗作记，还给老槐树画了像，全都刻在石头上，着实热闹了一通。这些石碑，至今犹在。

国子监是学校，除了一些大树和石碑之外，主要的是一些作为大学校舍的建筑。这些建筑的规模大概是明朝的永乐所创建的（大体依据洪武帝在南京所创立的国子监，而规模似不如原来之大），清朝又改建或修改过。其中修建最多的，是那位站在大清帝国极盛的峰顶，喜武功亦好文事的乾隆。

一进国子监的大门——集贤门，是一个黄色琉璃牌楼。牌楼之里是一座十分庞大华丽的建筑。这就是辟雍。这是国子监最中心、最突出的一个建筑。这就是乾隆所创建的。辟雍者，天子之学也。天子之学，到底该是个什么样子，从汉朝以来就众说纷纭，谁也闹不清楚。照现在看起来，是在平地上开出一个正圆的池子，当中留出一块四方的陆地，上面盖起一座十分宏大的四方的大殿，重檐，有两层廊柱，盖黄色琉璃瓦，安一个巨大的镏金顶子，梁柱檐饰，皆朱漆描金，透刻敷彩，看起来像一顶大花轿子似的。

辟雍殿四面开门，可以洞启。池上围以白石栏杆，四面有石桥通达。这样的格局是有许多讲究的，这里不必说它。辟雍，是乾隆以前的皇帝就想到要建筑的，但都因为没有水而作罢了（据说天子之学必得有水）。到了乾隆，气魄果然要大些，认为“北京为天下都会，教化所先也，大典缺如，非所以崇儒重道，古与稽而今与居也”（《御制国学新建辟雍圜水工成碑记》）。没有水，那有什么关系！下令打了四口井，从井里把水汲上来，从暗道里注入，通过四个龙头（螭首），喷到白石砌就的水池里，于是石池中涵空照影，泛着潋滟的波光了。二、八月里，祀孔释奠之后，乾隆来了。前面钟楼里撞钟，鼓楼里擂鼓，殿前四个大香炉里烧着檀香，他走入讲台，坐上宝座，讲《大学》或《孝经》一章，叫王公大臣和国子监的学生跪在石池的桥边听着，这个盛典，叫作“临雍”。

这“临雍”的盛典，道光、嘉庆年间，似乎还举行过，到了光绪，据我那朋友老董说，就根本没有这档子事了。大殿里一年难得打扫两回，月牙河（老董管辟雍殿四边的池子叫作四个“月牙河”）里整年是干的，只有在夏天大雨之后，各处的雨水一齐奔到这里面来。这水是死水，那光景是不难想象的。

然而辟雍殿确实是个美丽的、独特的建筑。北京有名的建筑，除了天安门、天坛祈年殿那个蓝色的圆顶、九梁十八柱的故宫角楼，应该数到这顶四方的大花轿。

辟雍之后，正面一间大厅，是彝伦堂，是校长——祭酒和教务长——司业办公的地方。此外有“四厅六堂”，敬一亭，东厢西厢。四厅是教职员办公室。六堂本来应该是教室，但清朝另于国子监斜对门盖了一些房子作为学生住宿进修之所，叫作“南学”（北方戏文动辄说“到南学去攻书”，指的即是这个地方），六堂作为考场时似更多些。学生的月考、季考在此举行，每科的乡会试也要先在这里考一天，然后才能到贡院下场。

六堂之中原来排列着一套世界上最重的书，这书一页有三四尺宽，七八尺长，一尺许厚，重不知几千斤。这是一套石刻的十三经，是一个老书生蒋衡一手写出来的。据老董说，这是他默出来的！他把这套书献给皇帝，皇帝接受了，刻在国子监中，作为重要的装点。这皇帝，就是高宗纯皇帝乾隆陛下。

国子监碑刻甚多，数量最多的，便是蒋衡所写的经。著名的，旧称有赵松雪临写的“黄庭”“乐毅”“兰亭定武本”，颜鲁公“争座位”，这几块碑不晓得现在还在不在，我这回未暇查考。不过我觉得最有意思、最值得一看的是明太祖训示太学生的一通敕谕，这是值得写在胡适的《白话文学史》里面去的杰作：

> 恁学生每听着：先前那宋讷做祭酒呵，学规好生严肃，秀才每循规蹈矩，都肯向学，所以教出来的个个中用，朝廷好生得人。后来他善终了，以礼送他回乡安葬，沿路上著有司官祭他。
>
> 近年著那老秀才每做祭酒呵，他每都怀着异心，不肯教诲，把宋讷的学规都改坏了，所以生徒全不务学，用著他呵，好生坏事。
>
> 如今著那年纪小的秀才官人每来著学事，他定的学规，恁每当依著行。敢有抗拒不服，撒泼皮，违犯学规的，若祭酒来奏著恁呵，都不饶！全家发向烟瘴地面去，或充军，或充吏，或做首领官。
>
> 今后学规严紧，若有无籍之徒，敢有似前贴没头帖

子，诽谤师长的，许诸人出首，或绑缚将来，赏大银两个。若先前贴了票子，有知道的，或出首，或绑缚将来呵，也一般赏他大银两个。将那犯人凌迟了，枭令在监前，全家抄没，人口发往烟瘴地面。钦此！

这里面有一个血淋淋的故事：明太祖为了要“人才”，对于办学校非常热心。他的办学的政策只有一个字：严。他所委任的第一任国子监祭酒宋讷，就秉承他的意旨，订出许多规条。待学生非常的残酷，学生曾有饿死吊死的。学生受不了这样的迫害和饥饿，曾经闹过两次学潮。第二次学潮起事的是学生赵麟，出了一张壁报（没头帖子）。太祖闻之，龙颜大怒，把赵麟杀了，并在国子监立一长竿，把他的脑袋挂在上面示众（照明太祖的语言，是“枭令”）。隔了十年，他还忘不了这件事，有一天又召集全体教职员和学生训话。碑上所刻，就是训话的原文。

这些本来是发生在南京国子监的事，怎么北京的国子监也有这么一块碑呢？想必是永乐皇帝觉得他老大人的这通话训得十分精彩，应该垂之久远，所以特在北京又刻了一个复本。是的，这值得一看。他的这篇白话训词比历朝皇帝的“崇儒重道”之类的话都要真实得多，有力得多。

这块碑在国子监仪门外侧右手，很容易找到。碑分上下两截，下截是对工役膳夫的规矩，那更不得了：“打五十竹篦”！“处斩”！“割了脚筋”！……

历代皇帝虽然都似乎颇为重视国子监，不断地订立了许多学规，但不知道为什么，国子监出的人才并不是那样的多。

《戴斗夜谈》一书中说，北京人已把国子监打入“十可笑”之列：

> 京师相传有十可笑：光禄寺茶汤，太医院药方，神乐观祈禳，武库司刀枪，营缮司作场，养济院衣粮，教坊司婆娘，都察院宪纲，国子监学堂，翰林院文章。

国子监的课业历来似颇为稀松。学生主要的功课是读书、写字、作文。国子监学生——监生的肄业、待遇情况各时期都有变革。到清朝末年，据老董说，是每隔六日作一次文，每一年转堂（升级）一次，六年毕业，学生每月领助学金（膏火）八两。学生毕业之后，大部分发作为县级干部，或为县长（知县）、副县长（县丞），或为教育科长（训导）。另外还有一种特殊的用途，是调到中央去写字（清朝有一个时期光禄寺的面袋都是国子监学生的仿纸做的）。从明朝起就有调国子监善书学生去抄录“实录”的例。明朝的一部大丛书《永乐大典》，清朝的一部更大的丛书《四库全书》的底稿，那里面的端正严谨（也毫无个性）的馆阁体楷书，有些就是出自国子监高才生的手笔。这种工作，叫作“在誊桌上行走”。

国子监监生的身份不十分为人所看重。从明景泰帝开生员纳粟纳马入监之例以后，国子监的门槛就低了。尔后捐监之风大开，监生就更不值钱了。

国子监是个清高的学府，国子监祭酒是个清贵的官员——京官中，四品而掌印的，只有这么一个。做祭酒的，生活实在颇为清闲，每月只逢六逢一上班，去了之后，当差的在门口喝一声短道，沏上一碗盖碗茶，他到彝伦堂上坐了一阵，给学生出出题目，看看卷子；初一、十五带着学生上大成殿磕头，此外简直没有什么事情。清朝时他们还有两桩特殊任务：一是每年十月初一，率领属官到午门去领来年的皇历；一是遇到日食、月食，穿了素服到礼部和太常寺去“救护”，但领皇历一年只一次，日食、月食，更是难得碰到的事。戴璐《藤阴杂记》说此官“清简恬静”，这几个字是下得很恰当的。

但是，一般做官的似乎都对这个差事不大发生兴趣。朝廷似乎也知道这种心理，所以，除了特殊例外，祭酒不上三年就会迁调。这是为什么？因为这个差事没有油水。

查清朝的旧例，祭酒每月的俸银是一百零五两，一年一千二百六十两；外加办公费每月三两，一年三十六两，加在一起，实在不算多。国子监一没人打官司告状，二没有盐税河工可以承揽，没有什么外快。但是毕竟能够养住上上下下的堂官皂役的，赖有相当稳定的银子，这就是每年捐监的手续费。

据朋友老董说，纳监的监生除了要向吏部交一笔钱，领取一张“护照”外，还需向国子监交钱领“监照”——就是大学毕业证书。照例一张监照，交银一两七钱。国子监旧例，积银二百八十两，算一个“字”，按“千字文”数，有一个字算一个字，平均每年约收入五百字上下。我算了算，每年国子监收入的监照银约有十四万两，即每年有八十二三万不经过入学和考试只花钱向国家买证书而取得大学毕业资格——监生的人。这就怪不得《玉堂春》里春锦丫头私通的是一位监生，“定县秧歌”《借女吊孝》里的舅舅也是一位监生，原来这是一种比乌鸦还要多的东西！这十四万两银子照国家规定是不上缴的，由国子监官吏皂役按份摊分。祭酒每一“字”分十两，那么一年约可收入五千银子，比他的正薪要多得多。其余司业以下各有差。据老董说，连他一个“字”也分五钱八分，一年也从这一项上收入二百八九十两银子！

老董说，国子监还有许多定例。比如，像他，是典籍厅的刷印匠，管给学生“做卷”——印制作文用的红格本子，这事包给了他，每月例领十三两银子。他父亲在时还会这宗手艺，到他时则根本没有学过，只是到大栅栏口买一刀毛边纸，拿到琉璃厂找铺子去印，成本共花三两，剩下十两，是他的。所以，老董说，那年头，手里的钱花不清——烩鸭条才一吊四百钱一卖！至于那几位“堂皂”，就更不得了了！单是每科给应考的举子包“枪手”（这事值得专写一文），就是一笔大财。那时候，当差的都兴喝黄酒，街头巷尾都是黄酒馆，跟茶馆似的，就是专为当差的预备着的。所以，像国子监的差事也都是世袭。这是一宗产业，可以卖，也可以顶出去！

老董的记性极好，我的复述倘无错误，这实在是一宗未见载录的珍贵史料。我所以不惮其烦地缕写出来，用意是在告诉比我更年轻的人，封建时代的经济、财政、人事制度，是一个多么古怪的东西！

国子监的隔壁，是孔庙——先师庙，这叫作“左庙右学”，是历来的制度。其实这不能说是隔壁，因为当中是通着的。

孔庙主要的建筑是大成殿。大成殿里供着一些牌位，最大的一个是“至圣先师”，另外还有“四配”——颜（回）、曾（参）、（子）思、孟（轲），殿下的两庑则供着七十二贤和经过皇上批准的历代的儒臣。

大成殿经常是空闲着的，除了初一十五祭酒率领员生来跪拜一趟之外，一年只春秋大祭热闹两回。老董说：到时候（二、八月第一个逢丁的日子的前一日），太常寺发来三十头牛，三十二头猪，一对鹿，四只小兔子，点验之后，洗剥了，先入库——旧例，由大兴县供应几十担冰，把汤猪汤牛全都冰在库房里，到了夜里十二点，喝令一声“上牲”！这就供起来。孔夫子面前有一头整牛，一头整猪，都放在一个大木槽子里。七十二贤面前则是几个碟子，供点子牛肉片、猪肉片、鹿肉兔肉片，还有点子芹菜、榛子……到了后半夜，都上齐了，皇上照例要派一个人来检查一下，叫作“视笾豆”。他这一走，庙里的庙户（看孔庙的工役叫庙户）马上就拿刀，整块的拉牛肉，整块的拉猪油。到了第二天清早，皇上来祭祀了，那整猪、整牛就剩下一张空皮了，当中弄点筷子什么的支着。皇上来了，奏乐，磕头！他哪儿会瞧得出来，猪啦牛啦的都是个空架子啊！

听说当贤人圣人，常常得吃冷猪肉。若照老董说起来，原来冷猪肉也是吃不着的，只有猪肉皮可以啃！从前不管多么庄严隆重的礼节，背后原来都是一塌糊涂。

关于孔庙，我知道的，只这些。

国子监，现在已经作为首都图书馆的馆址。全部房屋，包括辟雍，都已经修饰一新。原来的六堂，是阅览室和书库（蒋衡写的十三经只好请到馆右夹道中落脚），原来的四厅大都作为图书馆的办公室，彝伦堂则是一个相当理想的展览馆。图书馆大体已经筹措就绪，专题研究室已经开放，几排长桌上已经坐了不少同志在安静地用功；其余各室，只等暖气装齐或气候稍暖，即可开放——首都图书馆的老底子是头发胡同的北京市图书馆，即原先的通俗图书馆——由于鲁迅先生的倡议而成立，鲁迅先生曾经襄赞其事并捐赠过书籍的图书馆；前曾移在天坛，因为天坛地点逼仄，又挪到这里了。首都图书馆藏书除原头发胡同的和解放后新买的之外，主要为原来孔德学校和法文图书馆的藏书。就中最具特色、在国内搜藏较富的，是鼓词俗曲。

辟雍，那个华丽宏伟的大花轿，据图书馆馆长刘德元同志告诉我，将作为群众活动的场所，四边的台阶石桥上准备卖茶。月牙河内要放上水，水里置盆栽荷花，养金鱼，安水泵，使成活水。现在是冬天，但是我完全同意刘馆长的话，这在夏天是个十分清凉舒适的地方。茶馆如果开了，我一定来坐上半天，一边把我看过的几十本关于国子监的书和老董的话再温习一次，一边看看在槐树柏树之下来往行走的我的同一代的人。我要想想历史，想想我的亲爱的国家。

注释

原载《北京文艺》一九五七年三月号。

午门忆旧

北京解放前夕，一九四八年夏天到一九四九年春天，我曾到午门的历史博物馆工作过一段时间。

午门是紫禁城总体建筑的一个重要的组成部分。这是故宫的正门，是真正的“宫门”。进了天安门、端门，这只是宫廷的“前奏”，进了午门，才算是进了宫。有午门，没有午门，是不大一样的。没有午门，进天安门、端门，直接看到三大殿，就太敞了，好像一件衣裳没有领子。有午门当中一隔，后面是什么，都瞧不见，这才显得宫里神秘庄严，深不可测。

午门的建筑是很特别的。下面是一个冋形的城台。城台上正面是一座九间重檐庑殿顶的城楼；左右有重檐的方亭四座。城楼和这四座正方的亭子之间，有廊庑相连属，稳重而不笨拙，玲珑而不纤巧，极有气派，俗称为“五凤楼”。在旧戏里，五凤楼成了皇宫的代称。《草桥关》里姚期唱道：“到明天陪王伴驾在那五凤楼”，《珠帘寨》里程敬思唱道：“为千岁懒登五凤楼”，指的就是这里。实际上姚期和程敬思都是不会登上五凤楼的。楼不但大臣上不去，就是皇帝也很少上去。

午门有什么用呢？旧戏和评书里常有一句话：“推出午门斩首！”哪能呢！这是编戏编书的人想象出来的。午门的用处大概有这么三项：一是逢什么大典时，皇上登上城楼接见外国使节。曾见过一幅紫铜的版刻，刻的就是这一盛典。外国使节、满汉官

故宫午门

员，分班肃立，极为隆重。是哪一位皇上，庆的是何节日，已经记不清了。其次是献俘。打了胜仗（一般都是镇压了少数民族），要把俘虏（当然不是俘虏的全部，只是代表性的人物）押解到京城来。献俘本来应该在太庙。《清会典·礼部》："解送俘囚至京师，钦天监择日献俘于太庙社稷。"但据熟悉掌故的同志说，在午门，到时候皇上还要坐到城楼亲自过过目。究竟在哪里，余生也晚，未能亲历，只好存疑。第三，大概是午门最有历史意义、也最有戏剧性的故实，是在这里举行廷杖。廷杖，顾名思义，是在朝廷上受杖。不过把一位大臣按在太和殿上打屁股，也实在不大像样子，所以都在午门外举行。廷杖是对廷臣的酷刑。据朱国桢《涌幢小品》，廷杖始于唐玄宗时，但是盛行似在明代，原来不过是"意思意思"。《涌幢小品》说，"成化以前，凡廷杖者不去衣，用厚棉底衣，毛毡迭帊，示辱而已。"穿了厚棉裤，又垫着几层毡子，打起来想必不会太疼。但就这样也够呛，挨打以后，要"卧床数日，而后得愈"。"正德初年，逆瑾（刘瑾）用事，恶廷臣，始去衣。"——那就说脱了裤子，露出屁股挨打了。"遂有杖死者。"掌刑的是"厂卫"。明朝宦官掌握的特务机关有东厂、西厂，后来又有中行厂。廷杖在午门外举行，抡杖的该是中行厂的锦衣卫。五凤楼下，血肉横飞，是何景象？

不知从什么时候起，五凤楼就很少有人上去。"马道"的门锁着。民国以后，在这里设立了历史博物馆。据历史博物馆的老工友说，建馆后，曾经修缮过一次，从城楼的天花板上扫出了一些烧鸡骨头、荔枝壳和桂圆壳。他们说，这是"飞贼"留下来的。北京的"飞贼"做了案，就到五凤楼天花板上藏着，谁也找不着——那倒是，谁能搜到这样的地方呢？老工友们说，"飞贼"

用一根麻绳，一头系一个大铁钩，一甩麻绳，把铁钩搭在城垛子上，三把两把，就“就”上来了。这种情形，他们谁也不会见过，但是言之凿凿。这种燕子李三式的人物引起老工友们美丽的向往，因为他们都已经老了，而且有的已经半身不遂。

“历史博物馆”名目很大，但是没有多少藏品，东边的马道里有两尊“将军炮”，是很大的铜炮，炮管有两丈多长。一尊叫作“武威将军炮”，另一尊叫什么将军炮，忘了。据说张勋复辟时曾起用过两尊将军炮，有的老工友说他还听到过军令：“传武威将军炮！”“传 ×× 将军炮！”是谁传？张勋，还是张勋的对立面？说不清。马道拐角处有一架李大钊烈士就义的绞刑机。据说这架绞刑机是德国进口的，只用过一次。为什么要把这东西陈列在这里呢？我们在写说明卡片时，实在不知道如何下笔。

城楼（我们习惯叫作“正殿”）里保留了皇上的宝座。两边铁架子上挂着十多件袁世凯祭孔用的礼服，黑缎的面料，白领子，式样古怪，道袍不像道袍。这一套服装为什么陈列在这里，也莫名其妙。

四个方亭子陈列的都是没有多大价值，也不值什么钱的文物：不知道来历的墓志、烧瘫在“匣”里的钧窑瓷碗、清代的“黄册”（为征派赋役编造的户口册）、殿试的卷子、大臣的奏折……西北角一间亭子里陈列的东西却有点特别，是多种刑具。有两把杀人用的鬼头刀，都只有一尺多长。我这才知道，杀头不是用力把脑袋砍下来，而是用“巧劲”把脑袋“切”下来。最引人注意的是一套凌迟用的刀具，装在一个木匣里，有一二十把，大小不一。还有一把细长的锥子。据说受凌迟的人挨了很多刀，还不会死，最后要用这把锥子刺穿心脏，才会气绝。中国的剐刑搞得这样精细而科学，真是令人叹为观止。

整天和一些价值不大、不成系统的文物打交道，真正是“抱残守缺”。日子过得倒是蛮清闲的。白天检查检查仓库，更换更换说明卡片，翻翻资料，都是可做可不做的事情。下班后，到左掖门外筒子河边看看算卦的算卦，——河边有好几个卦摊；看人叉鱼，——叉鱼的沿河走，捏着鱼叉，欻地一叉下去，一条二尺来长的黑鱼就叉上来了。到了晚上，天安门、端门、左右掖门都关死了，我就到屋里看书。我住的宿舍在右掖门旁边，据说原是锦衣卫——就是执行廷杖的特务值宿的房子。四外无声，异常安静。我有时走出房门，站在午门前的石头坪场上，仰看满天星斗，觉得全世界都是凉的，就我这里一点是热的。

北平一解放，我就告别了午门，参加四野南下工作团南下了。

从此就再也没有到午门去看过，不知道午门现在是什么样子。

有一件事可以记一记。解放前一天，我们正准备迎接解放。来了一个人，说：“你们赶紧收拾收拾，我们还要办事呢！”他是想在午门上登基。这人是个疯子。

一九八六年一月九日

玉渊潭的传说

玉渊潭公园范围很大。东接钓鱼台，西到三环路，北靠白堆子、马神庙，南通军事博物馆。这个公园的好处是自然，到现在为止，还不大像个公园，——将来可不敢说了。没有亭台楼阁、假山花圃。就是那么一片水，好些树。绕湖边长堤，转一圈得一个多小时。湖中有堤，贯通南北，把玉渊潭分为西湖和东湖。西湖可游泳，东湖可划船。湖边有很多人钓鱼，湖里有人坐了汽车内胎扎成的筏子兜圈。堤上有人遛鸟。有两三处是鸟友们“会鸟”的地方。画眉、百灵，叫成一片。有人打拳、做鹤翔桩、跑步。更多的人是遛弯儿的。遛弯儿有几条路线，所见所闻不同。常遛的人都深有体会。有一位每天来遛的常客，以为从某处经某处，然后出玉渊潭，最有意思。他说：“这个弯儿不错。”

每天遛弯儿，总可遇见几位老人。常见，面熟了，见到总要点点头：“遛遛？”——“吃啦？”——“今儿天不错——没风！”……

几位老人都已经八十上下了。他们是玉渊潭的老住户，有的已经住了几辈子了。他们原来都是种地的，退休了。身子骨都挺硬朗。早晨，他们都绕长堤遛弯儿。白天，放放奶羊，莳弄莳弄巴掌大的一块菜地，摘一点喂鸡的猪儿草。晚饭后大都聚在湖北岸水闸旁边聊天。尤其是夏天，常常聊到很晚。这地方凉快。

我听他们聊，不免问问玉渊潭过去的事。

他们说玉渊潭原本是一片荒地，没有什么人来。只有每年秋天，热闹几天。城里很多人到玉渊潭来吃烤肉，——北京人不是讲究“贴秋膘”吗？各处架起烤肉炙子，烧着柴火，烤肉的香味顺风飘得老远……

秋高气爽，到野地里吃烤肉，瞧瞧湖水，闻着野花野草的清香，确实是一件乐事。我倒愿意这种风气能够恢复。不过，很难了！

老人们说：这玉渊潭原本是私人的产业，是张 ×× 的（他们把这个姓张的名字叫得很真凿，我曾经记住，后来忘了）。那会儿玉渊潭就是当中有一条陆地，种稻子。土肥水好，每年收成不错。玉渊潭一带的人，种的都是张家的地。

他们说：不但玉渊潭，由打阜成门，一直到现在的三环路，

都是张 ×× 的，他一个人的。

（这可能么？）

这张 ×× 是怎么发的家呢？他是做“供”的。早年间北京人订供，不是一次给钱，而是分期给，按时给，从正月给到腊月，年底下就能捧回去一盘供。这张 ×× 收了很多家的钱，全花了。到了年根儿，要面没面，要油没油，拿什么给人家呀！他着急呀，睡不着觉。迷迷糊糊地，着了。做了一个梦。梦里听见有人跟他说：张 ××，哪儿哪儿有你的油，你的面，你去拉吧！他醒来，到了那儿，有一所房，里面有油，有面。他就赶着车往外拉。怎么拉也拉不完。怎么拉，也拉不完。起那儿，他就发了大财了！

这个传说当然不可信，情节也比较一般化。不过也还有点意思。从这个传说让我了解了几件事。

第一，北京人家过年，家家都要有一盘供。南方人也许不知道什么是“供”。供，就是面擀成指头粗的条，在油里炸透，蘸了蜂蜜，堆成宝塔形，供在神案上的一种甜食。这大概本来是佛教的敬奉释迦牟尼的东西，而且本来可能是庙里制作的。《红楼梦》第一回写葫芦庙中炸供，和尚不小心，油锅火逸，造成火灾，可为旁证。不过《红楼梦》写炸供是在三月十五，而北京人家摆供则在大年初一，季节不同。到后来，就不只是敬给释迦牟尼了，天上地下，各教神仙都有份。似乎一切神佛都爱吃甜东西。其实爱吃这种甜食的是孩子。北京的孩子大概都曾乘大人看不见的时候，偷偷地掰过供尖吃。到了撤供的时候，一盘供就会矮了一截。现在过年的时候，没有人家摆供了，不过点心铺里还有“蜜供”卖，只是不复堆成宝塔形，而是一疙瘩一块的。很甜，有一点蜜香。

第二，我这才知道，北京人家订供，用的是这种“分期付款”的办法。分期付款，我原以为是外国传来的，殊不知中国，北京，古已有之。所不同的，现在的分期付款是先取了东西，再陆续付钱，订供则是先钱后货。小户人家，到年底一次拿出一笔钱来办供，有些费劲，这样零揪着按月交钱，就轻松多了；做供的呢，也可以攒了本钱，从容备料。买主卖主，两得其便。这办法不错！

第三，这几位老人对这传说毫不怀疑。他们是当真事儿说的。他们说张 ×× 实有其人，他们说他就住在三环路的南边。他们说北京人有一句话：“你有钱！——你有钱能比得了张 ×× 吗？”这几位老人都相信：人要发财，这是天意，这是命。因此，他们都顺天而知命，与世无争，不作非分之想。他们勤劳了一辈子，恬淡寡欲，心平气和。因此，他们都长寿。

一九八六年一月十三日

注释

原载《北京文学》一九八六年第五期。

胡同文化

——摄影艺术集《胡同之没》序

北京城像一块大豆腐，四方四正。城里有大街，有胡同。大街、胡同都是正南正北，正东正西。北京人的方位意识极强。过去拉洋车的，逢转弯处都高叫一声“东去！”“西去！”以防碰着行人。老两口睡觉，老太太嫌老头子挤着她了，说“你往南边去一点”。这是外地少有的。街道如是斜的，就特别标明是斜街，如烟袋斜街、杨梅竹斜街。大街、胡同，把北京切成一个又一个方块。这种方正不但影响了北京人的生活，也影响了北京人的思想。

胡同原是蒙古语，据说原意是水井，未知确否。胡同的取名，有各种来源。有的是计数的，如东单三条、东四十条。有的原是皇家储存物件的地方，如皮库胡同、惜薪司胡同（存放柴炭的地方）。有的是这条胡同里曾住过一个有名的人物，如无量大人胡同、石老娘（老娘是接生婆）胡同。大雅宝胡同原名大哑巴胡同，大概胡同里曾住过一个哑巴。王皮胡同是因为有一个姓王的皮匠。王广福胡同原名王寡妇胡同。有的是某种行业集中的地方。手帕胡同大概是卖手帕的。羊肉胡同当初想必是卖羊肉的。有的胡同是像其形状的。高义伯胡同原名狗尾巴胡同。小羊宜宾胡同原名羊尾巴胡同。大概是因为这两条胡同的样子有点像羊尾巴、狗尾巴。有些胡同则不知道何所取义，如大绿纱帽胡同。

胡同有的很宽阔，如东总布胡同、铁狮子胡同。这些胡同两边大都是“宅门”，到现在房屋都还挺整齐。有些胡同很小，如耳朵眼胡同。北京到底有多少胡同？北京人说：有名的胡同三千六，没名的胡同数不清。通常提起“胡同”，多指的是小胡同。

胡同是贯通大街的网络。它距离闹市很近，打个酱油，约二斤鸡蛋什么的，很方便，但又似很远。这里没有车水马龙，总是安安静静的。偶尔有剃头挑子的“唤头”（像一个大镊子，用铁棒从当中擦过，便发出噌的一声）、磨剪子磨刀的“惊闺”（十几个铁片穿成一串，摇动作声）、算命的盲人（现在早没有了）吹的短笛的声音。这些声音不但不显得喧闹，倒显得胡同里更加安静了。

胡同和四合院是一体。胡同两边是若干四合院连接起来的。胡同、四合院，是北京市民的居住方式，也是北京市民的文化形态。我们通常说北京的市民文化，就是指的胡同文化。胡同文化是北京文化的重要组成部分，即使不是最主要的部分。

胡同文化是一种封闭的文化，住在胡同里的居民大都安土重迁，不大愿意搬家。有在一个胡同里一住住几十年的，甚至有住了几辈子的。胡同里的房屋大都很旧了，“地根儿”房子就不太好，旧房檩，断砖墙。下雨天常是外面大下，屋里小下。一到下大雨，总可以听到房塌的声音，那是胡同里的房子，但是他们舍不得“挪窝儿”，——“破家值万贯”。

四合院是一个盒子。北京人理想的住家是“独门独院”。北京人也很讲究“处街坊”。“远亲不如近邻”。“街坊里道”的，谁家有点事，婚丧嫁娶，都“随”一点“份子”，道个喜或道个恼，不这样就不合“礼数”。但是平常日子，过往不多，除了有的街坊是棋友，“杀”一盘；有的是酒友，到“大酒缸”（过去山西人开的酒铺，都没有桌子，在酒缸上放一块规成圆形的厚板以代酒桌）喝两“个”（大酒缸二两一杯，叫作“一个”）；或是鸟友，不约而同，各晃着鸟笼，到天坛城根、玉渊潭去“会鸟”（会鸟是把鸟笼挂在一处，既可让鸟互相学叫，也互相比赛），此外，“各人自扫门前雪，休管他人瓦上霜”。

北京人易于满足，他们对生活的物质要求不高。有窝头，就知足了。大腌萝卜，就不错。小酱萝卜，那还有什么说的。臭豆腐滴几滴香油，可以待姑奶奶。虾米皮熬白菜，嘿！我认识一个在国子监当过差，伺候过陆润庠、王垿等祭酒的老人，他说：“哪儿也比不了北京。北京的熬白菜也比别处好吃，——五味神在北京。”五味神是什么神？我至今考察不出来。但是北京人的大白菜文化却是可以理解的。北京人每个人一辈子吃的大白菜摞起来大概有北海白塔那么高。

北京人爱瞧热闹，但是不爱管闲事。他们总是置身事外，冷眼旁观。北京是民主运动的策源地，“民国”以来，常有学生运动。北京人管学生运动叫作“闹学生”。学生示威游行，叫作“过学生”。与他们无关。

北京胡同文化的精义是“忍”。安分守己，逆来顺受。老舍《茶馆》里的王利发说：“我当了一辈子的顺民”，是大部分北京市民的心态。

我的小说《八月骄阳》里写到“文化大革命”，有这样一段对话：

> “还有个章法没有？我可是当了一辈子安善良民，从来奉公守法。这会儿，全乱了。我这眼前就跟‘下黄土’似的，简直的，分不清东西南北了。”
>
> “您多余操这份儿心。粮店还卖不卖棒子面？”
>
> “卖！”
>
> “还是的。有棒子面就行。……”

我们楼里有个小伙了，为一点事，打了开电梯的小姑娘一个嘴巴。我们都很生气，怎么可以打一个女孩子呢！我跟两个上了岁数的老北京（他们是“搬迁户”，原来是住在胡同里的）说，大家应该主持正义，让小伙子当众向小姑娘认错，这二位同声说：“叫他认错？门儿也没有！忍着吧！——‘穷忍着，富耐着，睡不着眯着！’”“睡不着眯着”这话实在太精彩了！睡不着，别烦躁，别起急，眯着，北京人，真有你的！

北京的胡同在衰败，没落。除了少数“宅门”还在那里挺着，大部分民居的房屋都已经很残破，有的地基柱础甚至已经下沉，只有多半截还露在地面上。有些四合院门外还保存已失原形的拴马桩、上马石，记录着失去的荣华。有打不上水来的井眼、磨圆了棱角的石头棋盘，供人凭吊。西风残照，衰草离披，满目荒凉，毫无生气。

看看这些胡同的照片，不禁使人产生怀旧情绪，甚至有些伤感。但是这是无可奈何的事。在商品经济大潮的席卷之下，胡同和胡同文化总有一天会消失的。也许像西安的虾蟆陵，南京的乌衣巷，还会保留一两个名目，使人怅望低回。

再见吧，胡同。

一九九三年三月十五日

七十书怀

六十岁生日，我曾经写过一首诗：

冻云欲湿上元灯，
漠漠春阴柳未青。
行过玉渊潭畔路，
去年残叶太分明。

这不是“自寿”，也没有“书怀”，“即事”而已。六十岁生日那天一早，我按惯例到所居近处的玉渊潭遛了一个弯，所写是即目所见。为什么提到上元灯？因为我的生日是旧历的正月十五。据说我是日落酉时建生，那么正是要“上灯”的时候。沾了元宵节的光，我的生日总不会忘记。但是小时不做生日，到了那天，我总是鼓捣一个很大的、下面安四个轱辘的兔子灯，晚上牵了自制的兔子灯，里面插了蜡烛，在家里厅堂过道里到处跑，有时还要牵到相熟的店铺中去串门。我没有“今天是我的生日”的意识，只是觉得过“灯节”（我们那里把元宵叫作“灯节”）很好玩。十九岁离乡，四方漂泊，过什么生日！后来在北京安家，孩子也大了，家里人对我的生日渐渐重视起来，到了那天，总得“表示”一下。尤其是我的孙女和外孙女，她们对我的生日比别人更为热心，因为那天可以吃蛋糕。六十岁是个整寿。但我觉得无所谓。诗的后两句似乎有些感慨，因为这时“文化大革命”过去不久，容易触景生情，但是究竟有什么感慨，也说不清。那天是阴天，好像要下雪，天气其实是很舒服的，诗的前两句隐隐约约有一点喜悦。总之，并不衰瑟，更没有过一年少一年这样的颓唐的心情。

一晃，十年过去了，我七十岁了。七十岁生日那天写了一首《七十书怀出律不改》：

悠悠七十犹耽酒，
唯觉登山步履迟。
书画萧萧余宿墨，
文章淡淡忆儿时。
也写书评也作序，
不开风气不为师。
假我十年闲粥饭，
未知留得几囊诗。

这需要加一点注解。

中国人的平均寿命比以前增高多了。我记得小时候看家里大人和亲戚，过了五十，就是“老太爷”了。我祖父六十岁生日，已经被称为“老寿星”。“人生七十古来稀”，现在七十岁不算稀奇了。不过七十总是个“坎儿”。不知从什么时候起，别人对我的称呼从“老汪”改成了“汪老”。我并无老大之感。但从去年下半年，我一想我再没有六十几了，不免有一点紧张。我并不太怕死，但是进入七十，总觉得去日苦多，是无可奈何的事。所幸者，身体还好。去年年底，还上了一趟武夷山。武夷山是低山，但总是山。我一度心肌缺氧，一般不登山。这次到了武夷绝顶天游，没有感到心脏有负担。看来我的身体比前几年还要好一些，再工作几年，问题不大。当然，上山比年轻人要慢一些。因此，去年下半年偶尔会有的紧张感消失了。

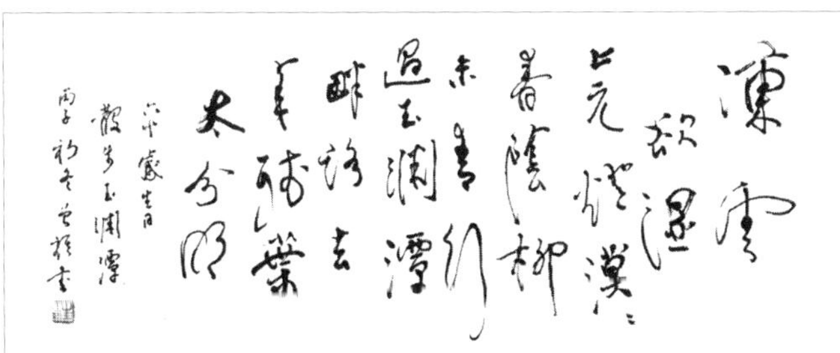

冻云欲湿上元灯，漠漠春阴柳未青。
行过玉渊潭畔路，去年残叶太分明。
六十岁生日散步玉渊潭　丙子初冬曾祺书

我的写字画画本是遣兴自娱而已，偶尔送一两件给熟朋友。后来求字求画者渐多。大概求索者以为这是作家的字画，不同于书家画家之作，悬之室中，别有情趣耳，其实，都是不足观的。我写字画画，不暇研墨，只用墨汁。写完画完，也不洗砚盘色碟，连笔也不涮。下次再写、再画，加一点墨汁。“宿墨”是纪实。今年（一九九〇年）一月十五日，画水仙金鱼，题了两句诗：

宜入新春未是春，
残笺宿墨隔年人。

这幅画的调子是灰的，一望而知用的是宿墨。用宿墨，只是懒，并非追求一种风格。

有一个文学批评用语我始终不懂是什么意思，叫作“淡化”。淡化主题、淡化人物、淡化情节，当然，最终是淡化政治。“淡化”总是不好的。我是被有些人划入淡化一类了的。我所不懂的是：淡化，是本来是浓的，不淡的，或应该是不淡的，硬把它化得淡了。我的作品确实是比较淡的，但它本来就是那样，并没有经过一个“化”的过程。我想了想，说我淡化，无非是说没有写重大题材，没有写性格复杂的英雄人物，没有写强烈的、富于戏剧性的矛盾冲突。但这是我的生活经历，我的文化素养，我的气质所决定的。我没有经历过太多的波澜壮阔的生活，没有见过叱咤风云的人物，你叫我怎么写？我写作，强调真实，大都有过亲身感受，我不能靠材料写作。我只能写我所熟悉的平平常常的人和事，或者如姜白石所说“世间小儿女”。我只能用平平常常的思想感情去了解他们，用平平常常的方法表现他们。这结果就是

为杨扬画其外公园中蝴蝶花
曾祺丁丑

淡。但是“你不能改变我”，我就是这样，谁也不能下命令叫我照另外一种样子去写。我想照你说的那样去写，也办不到。除非把我回一次炉，重新生活一次。我已经七十岁了，回炉怕是很难。前年《三月风》杂志发表我一篇随笔，请丁聪同志画了我一幅漫画头像，编辑部要我自己题几句话，题了四句诗：

近事模糊远事真，
双眸犹幸未全昏。
衰年变法谈何易，
唱罢莲花又一春。

《绣襦记》《教歌》两个叫花子唱的“莲花落”有句“一年春尽又是一年春”，我很喜欢这句唱词。七十岁了，只能一年又一年，唱几句莲花落。

《七十书怀出律不改》，“出律”指诗的第五六两句失粘，并因此影响最后两句平仄也颠倒了。我写的律诗往往有这种情况，五六两句失粘。为什么不改？因为这是我要说的主要两句话，特别是第六句，所书之怀，也仅此耳。改了，原意即不妥帖。

我是赞成作家写评论的，也爱看作家所写的评论。说实在的，我觉得评论家所写的评论实在有点让人受不了。结果是作法自毙。写评论的差事有时会落到我的头上。我认为评论家最让人受不了的，是他们总是那样自信。他们像我写的小说《鸡鸭名家》里的陆长庚一样，一眼就看出这只鸭是几斤几两，这个作家该打几分。我觉得写评论是非常冒险的事：你就能看得那样准？我没有这样的自信。人到一定岁数，就有为人写序的义务。我近年写了一些序。去年年底就写了三篇，真成了写序专家。写序也很难，主要是分寸不好掌握，深了不是，浅了不是。像周作人写序那样，不着边际，是个办法。但是，一，我没有那样大的学问；二，丝毫不涉及所序的作品，似乎有欠诚恳。因此，临笔踌躇，煞费脑筋。好像是法朗士说过："关于莎士比亚，我所说的只是我自己。"写书评、写序，实际上是写写书评、写序的人自己。借题发挥，拿别人来"说事"，当然不太好，但是书评和序里总会流露出本人的观点，本人的文学主张。我不太希望我的观点、主张被了解，愿意和任何人保持一定的距离；但是自设屏障，拒人千里，把自己藏起来，完全不让人了解，似也不必。因此，"也写书评也作序"。

"不开风气不为师"，是从龚定庵的诗里套出来的。龚定庵

汪曾祺在武夷山

的原句是："但开风气不为师"。龚定庵的诗貌似谦虚，实很狂傲。——龚定庵是谦虚的人么？但是龚定庵是有资格说这个话的。他确实是个"开风气"的。他的带有浓烈的民主色彩的个性解放思想撼动了一代人，他的宗法公羊家的奇崛矫矢的文体对于当时和后代都起了很大的影响。他的思想不成体系，不立门户，说是"不为师"倒也是对的。近四五年，有人说我是这个那个流派的始作俑者，这很出乎我的意料。我从来没有想到提倡什么，我绝无"来吾导乎先路也"的气魄，我只是"悄没声地"自己写一点东西而已。有一些青年作家受了我的影响，甚至有人有意地学我，这情况我是知道的。我要诚恳地对这些青年作家说：不要这样。第一，不要"学"任何人。第二，不要学我。我希望青年作家在起步的时候写得新一点，怪一点，朦胧一点，荒诞一点，狂妄一点，不要过早地归于平淡。三四十岁就写得很淡，那，到我这样的年龄，怕就什么也没有了。这个意思，我在几篇序文中都说到，是真话。

看相的说我能活九十岁，那太长了！不过我没有严重的器质性的病，再对付十年，大概还行。我不愿当什么"离休干部"，活着，就还得做一点事。我希望再出一本散文集，一本短篇小说集，把《聊斋新义》写完，如有可能，把酝酿已久的长篇历史小说《汉武帝》写出来。这样，就差不多了。

七十书怀，如此而已。

一九九〇年二月二十四日

注释

原载《现代作家》一九九〇年第五期。

随遇而安

我当了一回右派，真是三生有幸。要不然我这一生就更加平淡了。

我不是一九五七年打成右派的，是一九五八年“补课”补上的，因为本系统指标不够。划右派还要有“指标”，这也有点奇怪。这指标不知是一个什么人所规定的。

一九五七年我曾经因为一些言论而受到批判，那是作为思想问题来批判的。在小范围内开了几次会，发言都比较温和，有的甚至可以说很亲切。事后我还是照样编刊物，主持编辑部的日常工作，还随单位的领导和几个同志到河南林县调查过一次民歌。那次出差，给我买了一张软席卧铺车票，我才知道我已经享受“高干”待遇了。第一次坐软卧，心里很不安。我们在洛阳吃了黄河鲤鱼，随即到林县的红旗渠看了两三天。凿通了太行山，把漳河水引到河南来，水在山腰的石渠中活活地流着，很叫人感动。收集了不少民歌。有的民歌很有农民式的浪漫主义的想象，如想到将来渠里可以有“水猪”“水羊”，想到将来少男少女都会长得很漂亮。上了一次中岳嵩山。这里运载石料的交通工具主要是用人力拉的排子车，特别处是在车上装了一面帆，布帆受风，拉起来轻快得多。帆本是船上用的，这里却施之陆行的板车上，给我十分新鲜的印象。我们去的时候正是桐花盛开的季节，漫山遍野摇曳着淡紫色的繁花，如同梦境。从林县出来，有一条小河。河的一面是峭壁，一面是平野，岸边密植杨柳，河水清澈，沁人心脾。我好像曾经见过这条河，以后还会看到这样的河。这次旅行很愉快，我和同志们也相处得很融洽，没有一点隔阂，一点别扭。这次批判没有使我觉得受了伤害，没有留下阴影。

一九五八年夏天，一天（我这人很糊涂，不记日记，许多事都记不准时间），我照常去上班，一上楼梯，过道里贴满了围攻我的大字报。要拔掉编辑部的“白旗”，措辞很激烈，已经出现“右派”字样。我顿时傻了。运动，都是这样：突然袭击。其实背后已经策划了一些日子，开了几次会，做了充分的准备，只是本人还蒙在鼓里，什么也不知道。这可以说是暗算。但愿这种暗算以后少来，这实在是很伤人的。如果当时量一量血压，一定会猛然增高。我是有实际数据的。“文化大革命”中我一天早上看到一批侮辱性的大字报，到医务所量了量血压，低压 110，高压 170。平常我的血压是相当平稳正常的，90—130。我觉得卫生部应该发一个文件：为了保障人民的健康，不要再搞突然袭击式的政治运动。

开了不知多少次批判会。所有的同志都发了言。不发言是不行的。我规规矩矩地听着，记录下这些发言。这些发言我已经完全都忘了，便是当时也没有记住，因为我觉得这好像不是说的我，是说的另外一个别的人，或者是一个根本不存在的、假设的、虚空的对象。有两个发言我还留下印象。我为一组义和团故事写过一篇读后感，题目是《仇恨·轻蔑·自豪》。这位同志说："你对谁仇恨？轻蔑谁？自豪什么？"我发表过一组极短的诗，其中有一首《早春》，原文如下：

（新绿是朦胧的，飘浮在树杪，完全不像是叶子……）

远树绿色的呼吸。

批判的同志说：连呼吸都是绿的了，你把我们的社会主义社会污蔑到了什么程度？！听到这样的批判，我只有停笔不记，愣在那里。我想辩解两句，行么？当时我想：鲁迅曾说费厄泼赖应该缓行，现在本来应该到了可行的时候，但还是不行。中国大概永远没有费厄的时候。所谓"大辩论"，其实是"大辩认"，他辩你认。稍微辩解，便是"态度问题"。态度好，问题可以减轻；态度不好，加重。问题是问题，态度是态度，问题大小是客观存在，怎么能因为态度如何而膨大或收缩呢？许多错案都是因为本人为了态度好而屈认，而造成的。假如再有运动（阿弥陀佛，但愿真的不再有了），对实事求是、据理力争的同志应予表扬。

开了多次会，批判的同志实在没有多少可说的了。那两位批判"仇恨·轻蔑·自豪"和"绿色的呼吸"的同志当然也知道这样的批判是不能成立的。批判“绿色的呼吸”的同志本人是诗人，他当然知道诗是不能这样引申解释的。他们也是没话找话说，不得已。我因此觉得开批判会对被批判者是过关，对批判者也是过关。他们也并不好受。因此，我当时就对他们没有怨恨，甚至还有点同情。我们以前是朋友，以后的关系也不错。我记下这两个例子，只是说明批判是一出荒诞戏剧，如莎士比亚说，所有的上场的人都只是角色。

我在一篇写右派的小说里写过：“写了无数次检查，听了无数次批判……她不再觉得痛苦，只是非常的疲倦。她想：定一个什么罪名，给一个什么处分都行，只求快一点，快一点过去，不要再开会，不要再写检查。”这是我的亲身体会。其实，问题只是那一些，只要写一次检查，开一次会，甚至一次会不开，就可以定案。但是不，非得开够了“数”不可。原来运动是一种疲劳战术，非得把人搞得极度疲劳，身心交瘁，丧失一切意志，瘫软在地上不可。我写了多次检查，一次比一次更没有内容，更不深刻，但是我知道，就要收场了，因为大家都累了。

结论下来了：定为一般右派，下放农村劳动。

我当时的心情是很复杂的。我在那篇写右派的小说里写道：“……她带着一种奇怪的微笑。”我那天回到家里，见到爱人说，“定成右派了”，脸上就是带着这种奇怪的微笑的。我也不知道我为什么要笑。

我想起金圣叹。金圣叹在临刑前给人写信，说：“杀头，至痛也，而圣叹于无意中得之，亦奇。”有人说这不可靠。金圣叹给儿子的信中说：“字谕大儿知悉，花生米与豆腐干同嚼，有火腿滋味”，有人说这更不可靠。我以前也不大相信，临刑之前，怎能开这种玩笑？现在，我相信这是真实的。人到极其无可奈何的时候，往往会生出这种比悲号更为沉痛的滑稽感，鲁迅说金圣叹"化屠大的凶残为一笑"，鲁迅没有被杀过头，也没有当过右派，他没有这种体验。

另一方面，我又是真心实意地认为我是犯了错误，是有罪的，是需要改造的。我下放劳动的地点是张家口沙岭子。离家前我爱人单位正在搞军事化，受军事训练，她不能请假回来送我。我留了一个条子："等我五年，等我改造好了回来。"就背起行李，上了火车。

右派的遭遇各不相同，有幸有不幸。我这个右派算是很幸运的，没有受多少罪，我下放的单位是一个地区性的农业科学研究所。所里有不少技师、技术员，所领导对知识分子是了解的，只是在干部和农业工人（也就是农民）的组长一级介绍了我们的情况（和我同时下放到这里的还有另外几个人），并没有在全体职工面前宣布我们的问题。不少农业工人不知道我们是来干什么的，只说是毛主席叫我们下来锻炼锻炼的。因此，我们并未受到歧视。

初干农活，当然很累。像起猪圈、刨冻粪这样的重活，真够一呛。我这才知道"劳动是沉重的负担"这句话的意义，但还是咬着牙挺过来了。我当时想：只要我下一步不倒下来，死掉，我就得拼命地干。大部分的农活我都干过，力气也增长了，能够扛一百七十斤重的 麻袋粮食稳稳地走上和地面成四十五度角那样陡的高跳。后来相对固定在果园上班。果园的活比较轻松，也比"大田"有意思。最常干的活是给果树喷波尔多液。硫酸铜加石灰，兑上适量的水，便是波尔多液，颜色浅蓝如晴空，很好看。喷波尔多液是为了防治果树病害，是常年要喷的。喷波尔多液是个细致活。不能喷得太少，太少了不起作用；不能太多，太多了果树叶子挂不住，流了。叶面、叶背都得喷到。许多工人没这个耐心，于是喷波尔多液的工作大部分落在我的头上，我成了喷波尔多液的能手。喷波尔多液次数多了，我的几件白衬衫都变成了浅蓝色。

我们和农业工人干活在一起，吃住在一起。晚上被窝挨着被窝睡在一铺大炕上。农业工人在枕头上和我说了一些心里话，没有顾忌。我这才比较切近地观察了农民，比较知道中国的农村、中国的农民是怎么一回事。这对我确立以后的生活态度和写作态度是很有好处的。

我们在下面也有文娱活动。这里兴唱山西梆子（中路梆子），工人里不少都会唱两句。我去给他们化妆。原来唱旦角的都是用粉妆，——鹅蛋粉、胭脂、黑锅烟子描眉。我改成用戏剧油彩，这比粉妆要漂亮得多。我勾的脸谱比张家口专业剧团的“黑”（山西梆子谓花脸为“黑”）还要干净讲究。遇春节，沙岭子堡（镇）闹社火，几个年轻的女工要去跑旱船，我用油底浅妆把她们一个个打扮得如花似玉，轰动一堡，几个女工高兴得不得了。我们和几个职工还合演过戏，我记得演过的有小歌剧《三月三》、崔嵬的独幕话剧《十六条枪》。一年除夕，在“堡”里演话剧，海报上特别标出一行字：

台上有布景

这里的老乡还没有见过个布景。这布景是我们指导着一个木工做的。演完戏，我还要赶火车回北京。我连妆都没卸干净，就上了车。

一九五九年底给我们几个人作鉴定，参加的有工人组长和部分干部。工人组长一致认为：老汪干活不藏奸，和群众关系好，“人性”不错，可以摘掉右派帽子。所领导考虑，才下来一年，太快了，再等一年吧。这样，我就在一九六〇年在交了一个思想总结后，经所领导宣布：摘掉右派帽子，结束劳动。暂时无接受单位，在本所协助工作。

我的“工作”主要是画画。我参加过地区农展会的美术工作（我用多种土农药在展览牌上粘贴出一幅很大的松鹤图，色调古雅，这里的美术中专的一位教员曾特别带着学生来观摩）；我在所里布置过“超声波展览馆”（“超声波”怎样用图像表现？声波是看不见的，没有办法，我就画了农林牧副渔多种产品，上面一律用圆规蘸白粉画了一圈又一圈同心圆）。我的“巨著”，是画了一套《中国马铃薯图谱》。这是所里给我的任务。

这个所有一个下属单位马铃薯研究站，设在沽源。为什么设在沽源？沽源在坝上，是高寒地区（有一年下大雪，沽源西门外的积雪跟城墙一般高）。马铃薯本是高寒地带的作物。马铃薯在南方种几年，就会退化，需要到坝上调种。沽源是供应全国薯种的基地，研究站设在这里，理所当然。这里集中了全国各地、各个品种的马铃薯，不下百来种，我在张家口买了纸、颜色、笔，带了在沙岭子新华书店买得的《癸巳类稿》、《十驾斋养新录》和两册《容斋随笔》（沙岭子新华书店进了这几种书也很奇怪，如果不是我买，大概永远也卖不出去），就坐长途汽车，奔向沽源。其时在八月下旬。

我在马铃薯研究站画《图谱》，真是神仙过的日子。没有领导，不用开会，就我一个人，自己管自己。这时正是马铃薯开花，我每天蹚着露水，到试验田里摘几丛花，插在玻璃杯里，对着花描画。我曾经给北京的朋友写过一首长诗，叙述我的生活。全诗已忘，只记得两句：

坐对一丛花，
眸子炯如虎。

下午，画马铃薯的叶子。天渐渐凉了，马铃薯陆续成熟，就开始画薯块。画一个整薯，还要切开来画一个剖面。一块马铃薯画完了，薯块就再无用处，我于是随手埋进牛粪火里，烤烤，吃掉。我敢说，像我一样吃过那么多品种的马铃薯的，全国盖无第二人。

沽源是绝塞孤城。这本来是一个军台。清代制度，大臣犯罪，往往由帝皇批示“发往军台效力”，这处分比充军要轻一些（名曰“效力”，实际上大臣自己并不去，只是闲住在张家口，花钱雇一个人去军台充数）。我于是在《容斋随笔》的扉页上，用朱笔画了一方图章，文曰：

效力军台

白天画画，晚上就看我带去的几本书。

一九六二年初，我调回北京，在北京京剧团担任编剧，直至离休。

摘掉右派分子帽子，不等于不是右派了。“文革”期间，有人来外调，我写了一个旁证材料。人事科的同志在材料上加了批注：

该人是摘帽右派。所提供情况，仅供参考。

我对“摘帽右派”很反感，对“该人”也很反感。“该人”跟“该犯”差不了多少。我不知道我们的人事干部从什么地方学来的这种带封建意味的称谓。

“文化大革命”，我是本单位第一批被揪出来的，因为有“前科”。

“文革”期间给我贴的大字报，标题是：

老右派，新表演

我搞了一些时期“样板戏”，江青似乎很赏识我，于是忽然有一天宣布：“汪曾祺可以控制使用。”这主要当然是因为我曾是右派。在“控制使用”的压力下搞创作，那滋味可想而知。

一直到一九七九年给全国绝大多数右派分子平反，我才算跟右派的影子告别。我到原单位去交材料，并向经办我的专案的同志道谢：“为了我的问题的平反，你们做了很多工作，麻烦你们了，谢谢！”那几位同志说：“别说这些了吧！二十年了！”

有人问我：“这些年你是怎么过来的？”他们大概觉得我的精神状态不错，有些奇怪，想了解我是凭仗什么力量支持过来的。我回答：

“随遇而安。”

丁玲同志曾说她从被划为右派到北大荒劳动，是“逆来顺受”。我觉得这太苦涩了，“随遇而安”，更轻松一些。“遇”，当然是不顺的境遇；“安”，也是不得已。不“安”，又怎么着呢？既已如此，何不想开些。如北京人所说：“哄自己玩儿。”当然，也不完全是哄自己。生活，是很好玩的。

随遇而安不是一种好的心态，这对民族的亲和力和凝聚力是会产生消极作用的。这种心态的产生，有历史的原因（如受老庄思想的影响），本人气质的原因（我就不是具有抗争性格的人），但是更重要的是客观，是“遇”，是环境的、生活的、尤其是政治环境的原因。中国的知识分子是善良的。曾被打成右派的那一代人，除了已经死掉的，大多数都还在努力地工作。他们的工作的动力，一是要实证自己的价值。人活着，总得做一点事。二是对生我养我的故国未免有情。但是，要恢复对在上者的信任，甚至轻信，恢复年轻时的天真的热情，恐怕是很难了。他们对世事看淡了，看透了，对现实多多少少是疏离的。受过伤的心总是有璺的。人的心，是脆的。

这是没有办法的事。

为政临民者，可不慎乎。

一九九一年一月三十一日

注释

原载《收获》一九九一年第二期。

西山客话

命车入市，
瞬目可至，
安步徐行，
亦是乐事。

北京之西，西山之麓，长安寺与灵光寺之间，有平陂隙地，业房地产者辟为山庄，即名为“八大处山庄”，地点选得极好。八大处近在咫尺，举步可以登山，有山居之清趣，无攀缘之辛劳。又离市区不远，自山庄至天安门仅十六点八公里，驱车半小时即到，交通甚便。山庄建筑皆依山借景，藏屋于树，原有古树怪石悉皆保留。屋皆外朴内华，曲折有致，坐卧其中，有浮生半日之乐，得淡泊宁静之怀。春宜花，夏宜风，秋宜月，冬宜雪，四时佳兴，可与人同。其间亦有高敞厅堂，便交际，便洽谈，便开筵宴客。北京人口日密，华屋如林，求一可建别墅之地已无多矣，八大处山庄甚难得，有意卜居京郊者幸勿失之交臂。辑此图册，备讯览焉。

从二百五十万年前走来

二百五十万年前西山一带是什么样子呢?

现在在八大处六处香界寺脚下还能看到“冰川漂砾”。这是第四纪冰川擦痕的遗迹。冰川时期，气温高寒，平川山岳终年冰封雪盖。除了冰川，什么也没有。后来气温变化，冰川融解，有些砾石随冰顺水而下，在急速滑动中，留下几道擦痕，这是地质变化的见证。第四纪与人类的出现有关，故被科学家称为“灵生纪”。我们的远祖就是在这一纪逐渐滋生、繁衍，以至成了我们这样的人。人的出现经过一个多么漫长、艰苦、悲壮的历程呀。香界寺砾石上刻有地质学家李四光手书的大字“冰川漂砾”。看到这四个字你会产生比“念天地之悠悠”更深的感慨的。现在擦痕已经被铁栏护住，不能近看了，怕人踏牛踩，逐渐模糊。

八 大 处

驱车出京城，
还见京城影。

举头八大处，

手揽十二景。

西山风景，旧称有“三山”“八大处”“十二景”。

“三山”是翠微、平坡、卢师。

北京的山都在京西。西山是太行山的余脉。清高宗（乾隆）有句云：“太行分秀干，永定贯阴精。孕育成灵局，崔巍护帝京。”明大司马许纶，认为西山地势极妙，“平分龙虎地，环保凤凰城”。登西山绝顶，可以俯瞰北京小平原，千重树木，万户炊烟。西山一带真是风水宝地。

“八大处”是：长安寺（一处）、灵光寺（二处）、三山庵（三处）、大悲寺（四处）、龙泉庵（五处）、香界寺（六处）、宝珠洞（七处）、证果寺（八处）。

“十二景”为：绝顶远眺、春山杏林、翠峰云断、卢师夕照、烟雨鹃声、五桥夜月、水谷流泉、虎峰叠翠、深秋红叶、高林晓日、雨后山洪、层峦晴雪。

很少有人看遍十二景。有的景不易遇。“雨后山洪”，西山不常发山洪。“层峦晴雪”，除了冬天，是看不到的，有在雪后登山的雅兴的人是不多的。“烟雨鹃声”只是一种境界，“鹃声”可闻而不可见，严格说这不能算是一“景”。因此，游西山者，实际上游的是“八大处”。

“八大处”亦称“八大刹”，是八处寺庙。西山原来寺庙甚多，据《日下旧闻考》说有三百七十处，未必精确。一般说是“西山三百寺”，也只是约数。那时的西山到处是庙，到处是白塔。这些寺庙逐渐毁圮，不少是八国联军时烧掉的。最后只剩下八座了，故称八大处。

这些刹是明清两代，主要是清代皇帝所“敕建”的。皇帝到这里来敬佛，烧香，休息，避暑。

六处香界寺最大，最富丽辉煌，因为乾隆在这里住过一阵。

慈禧也来过，在二处灵光寺水心亭看过金鱼。水心亭金鱼池的金鱼据说咸丰年间就开始放养，现在有的有二尺长了。据说慈禧看鱼时，金鱼结队来朝拜，领队的一条有一个婴儿大。慈禧很高兴，摘下了耳环，叫太监给金鱼戴在鳃上。这大概是和尚编出来的故事，不过编得也挺有意思。

八大处到处都有帝王留下的踪迹，他们题的联、匾、诗。逛八大处，可以感受到帝王生活的气息。现在有几处如香界寺已修建了仿宫廷的别墅，你如果有兴趣，可以进去住两天，过过当皇上的瘾。

八大处是佛教圣地。最能吸引亚洲佛教信徒的，是二处灵光寺的佛牙舍利塔。据闻佛祖释迦牟尼圆寂火化后留下两枚佛牙，一颗传至锡兰，一颗辗转流传至燕京，由大辽建招仙塔供养。招仙塔在八国联军时毁于炮火。后幸而发现。由中国佛教协会新建十三层宝塔供养。各国来此膜拜者甚多。

平地山居

结庐在人境，
性本爱丘山。
隔户闻鸡犬，
何似在人间。

一处长安寺在山脚平地上。一般游西山者大都由二处上山，游过其他七处再回到一处休息，喝茶，等车。游人上山前不在一处停留，故即便是春秋佳日旅游季节，这里也不喧闹拥挤。游人下山是陆续而来，又陆续而去，不会乱成一团。来作西山一日游者，早发晚归，总不免有点累。若是住在这里，就可以从从容容，今天游两处，明天游两处，回到住处，新茶热饭，闲坐谈天，真是乐事。这里既有山居的乐趣，又有近城的方便。从一处到天安门才十六点八公里，乘车半小时可到。在这里筑室而居，实在很理想。

五朝帝都

金瓦红墙紫禁城，
五朝宫阙尚峥嵘。
万方乐奏千条柳，
丽日和风唱太平。

北京是使很多人向往、很多人眷恋的地方。很多老北京，在北京住过多年的别处的人，走了全国很多地方，有的出过国，一回到北京，就会说：“还是北京好啊！”老舍的话剧《方珍珠》里一个给唱大鼓的女艺人弹三弦的老弦师，陪着女艺人跑了很多码头，回到北京，说：一到了北京，我这心里就跟吃了一个凉柿子似的，甭提多舒服了！

北京人自称住在“天子脚下”。

曾有过五个朝代在这里建都。这五朝是辽、金、元、明、清。

北京为辽南京的所在。辽南京的旧址已不可确认，但还遗留下一些文物胜迹，如大觉寺、戒台寺、天宁寺塔。

北京在金代为中都。金帝曾役使大批士卒、民夫、工匠掘土凿池，开挖海子，栽植花木，堆砌假山，叠筑琼华岛。现在的北海大体上是金代的规模。卢沟桥是金章宗时落成的。

北京是元代的大都。大都规划严整，呈长方形。城内街道如同一个棋盘，南北和东西各有九条大街，全都整齐划一，大街宽二十四步，小街宽二十步。在大街两侧平行排列小街和胡同。现在元大都北城墙只保留一些不多的遗址，但其规模尚可想见。这样整齐划一的城市规划思想一直影响到后代。北京有很多地名叫什么什么胡同，外地人会奇怪，为什么叫“胡同”。“胡同”是蒙古语，大概是元大都时期留下的。

明太祖朱元璋在应天（今南京）称帝，定应天为南京，把元大都改称为北平府，封第四子朱棣为燕王，就藩北平。洪武三十一年，朱元璋死，其孙朱允炆即位，是为建文帝。朱棣在建文元年起兵北平，四年，攻下南京，夺取帝位。永乐元年，朱棣升北平为北京。“北京”之名，即由此始。

朱棣派大将营建北京。

明北京城是在元大都的基础上，参考南京的城池宫殿而营建的。

明代宫殿分前后两个部分。前一部分以承天门（清代改为天安门）、端门、午门、三大殿为中心，以文华殿、武英殿为两翼。后一部分是皇帝和后妃居住的地方，即通常所说的“后宫”。

明代北京的布局是以一条纵贯南北的中轴线为依据的。这条中轴线以永定门为起点，皇城后门的钟鼓楼为终点。所有宫殿、街道、民居都在中轴线两侧展开。北京的街道绝大部分是正南正北，正东正西的（偶尔有偏斜的即称为“斜街”，如“烟袋斜街”“杨梅竹斜街”）。这种方方正正、整整齐齐的总体布局的城市，在世界上绝无仅有。

清代的城苑基本上是在明宫的基础上增建的。

一个外地人初到北京，看着故宫，第一个突出的感觉是：真是皇家气象！这种皇家气象是别的城市所没有的。

天安门是“颁诏”（皇帝下圣旨）的地方，平常正门是不开的，只有皇帝出巡，才打开。天安门里外都有两根高高的石柱，叫作“华表”。华表顶端有圆盘，上面蹲着一个龙不像龙、麒麟不像麒麟的叫不出名字的石兽。建筑学家梁思成曾问过古建工人：“这叫什么？”工人答曰：“门里的叫作‘望君出’。”“外面的呢？”“——‘望君归’。”这是建筑工人按照自己的意思随便起的名字。古建筑的许多零碎的装饰，都叫不出名字。所有宫殿房顶四周向外支出的檐牙的上面都有十多个琉璃烧制的小东西，有的看得出是什么：龙、凤、麒麟、海马……最靠外的一个，是一个道童模样的人，骑在一个又像鸟又像兽的东西身上。梁先生问建筑工人：“这叫什么？”答曰：“这叫‘走投无路’。”这实在很幽默。

午门在冋形的城下。这才是真正的宫门。城上有正殿，四角有方形亭状的建筑，俗称“五凤楼”。

午门是皇帝接见使臣和接受献俘的地方，平常是不启用的。旧小说和戏曲里常说“推出午门斩首”，没有那回事，皇宫外边怎能杀人呢？

午门以里，就是“三大殿”，宏伟华丽，世无其匹。殿里的华盖、宝座、一应陈设还保持当年的原貌。

宫里建筑的华美，除了三大殿，要算紫禁城四角的四座角楼。“角楼”是御林军放哨的岗楼。角楼是世界建筑史上的一个奇迹，角楼的结构非常繁复，叫作“九梁十八柱”。据传说，当初建角楼，皇上要“九梁十八柱”，这可把领头的工匠难坏了，“九梁十八柱”怎么斗在一起呀！他愁得不行。正在犯难，听见外面有个老头卖蝈蝈，买个蝈蝈来解解心烦吧。蝈蝈笼子是秫秸编的，编得怪灵巧。工匠头拿着蝈蝈笼翻来覆去地看，忽然双眼一亮：这不是九梁十八柱嘛！于是就照蝈蝈笼的样子盖了角楼。这卖蝈蝈的老头是谁？——是鲁班。角楼在禁城四角，御河之上，倒影映入粼粼波光，玲珑绚丽，叹为观止。

文化古城

九城栉比列华屋，
处处书香与画轴。
卜宅西山山下住，
清谈不觉渐离俗。

中国多文化名城，而以北京为其最。

故宫博物院是全国最大的博物院。院内收藏自商周至明清历代的珍贵文物。这些文物绝大部分是稀世之宝，价值连城。院内有一些经常开放的馆，如珍宝馆、陶瓷馆……也常举办一些短期陈列的专题性的展览，如明清书画展、匏器展……全国的艺术家不断到故宫来观摩。一个书法家、画家，不到故宫来看看故宫所藏字画，可以说是未开眼界，不能体会中国书画的真正妙处。一个对艺术有兴趣的外来游客，到了北京，哪里都不去，只是天天到故宫看那些艺术作品，管保你连看一个月也看不够。多看看艺术作品，不知不觉，就会减少一分俗气，增添一分高雅。故宫博物院是一所培养审美感情的大学校。

北京是一座大学城。历史最悠久的是北京大学、清华大学。北京大学原在沙滩，后迁入原燕京大学的校园，园内景色甚佳，有未名湖，清澈秀丽。除了综合性的大学，还有一些专业性的学院，这些学院集中在一个地区，号称“八大学院区”。大学、学院为国家培养了很多人才。北京可以说是人才的摇篮。

北京图书馆是国家图书馆，规模最大，藏书最多，且多善本。原在北海西面的文津街，后在紫竹院旁边建了新馆。新馆被世界公认为“亚洲最大的书城”。

“北京文化”的重要组成部分是皇家园林。最著名的是颐和园和圆明园。颐和园布局规划，极有巧思，园外之山，园内之湖，都得到充分的利用。建筑疏朗而不分散，密集而不拥挤。在世界名园中，颐和园占很高的位置。圆明园是一座中西合璧的“超大”园林。八国联军时毁于炮火，现在只剩下一些断裂的石楣石柱，供人凭吊。到圆明园残址，主要不是“看”，而是“想”。想我们这个民族，这个民族的昨天，这个民族的今天，也想这个民族的明天。到圆明园，你会很具体地扪触到什么是历史。

中国园林的特点是文化气息浓。名园必有名匾、名联、名诗。皇家园林亦如此。颐和园亦如此。皇家园林的联匾的内容一般都是堆金叠玉，富丽堂皇，无甚深意。字，也是“皇帝体”，“黑、大、光、圆”。但是作为皇帝，能写这样的字，也不容易。证明皇帝也还是重视文化素养的。

北海的漪澜堂下游廊两壁嵌砌《三希堂法帖》，汇集了晋唐宋明的法书，使北海提高了文化品位。《三希堂法帖》不难买到。在八大处山庄寓居的“大款”，在书斋里放一部《三希堂法帖》，忙里偷闲，随手翻翻，是一种精美的享受。

琉璃厂是一条文化街。这条街上的店铺全都做的与文化有关的买卖。有的买卖字画，有的专卖碑版字帖，有的卖旧瓷器，有的卖古书，有裱字画的、刻图章的。最有名的“南纸店”是荣宝斋。你如果想写写毛笔字，画两笔画，消遣消遣，怡悦性情，到荣宝斋，文房四宝，一应俱全。荣宝斋的水印木刻，是中国一绝。大幅的可印《张萱捣练图》《韩熙载夜宴图》，和原作完全一样。荣宝斋的笺纸用淡彩水印，可以用来写信、题诗，赠送海外亲友，也是十分雅致的礼品。

风水宝地

青山排户入，
在山泉水清。
七碗风生腋，
饮之寿且宁。

北京的地势西高东低。西面是山，东南是一马平川的“北京小平原”。“西山”本是北京西面所有的山。《日下旧闻考》引清高宗乾隆语云：“西山峰岭层叠，不可殚名，因居西城右辅，故以

‘西山’概焉。”西山一带真是风水宝地。

“天下名山僧占多”，中国的名山都有庙，西山自隋代起即有僧人建庙，以后不断增多。后来这些庙遭到毁坏。前面说过，最大的一次毁坏是八国联军。最后只剩下了八座庙，故八大处亦称“八大刹”。八刹非一时所建，但错落有致，好像有一个什么人事前做过一番统一规划似的。八大处的好处是景随步移，山随路转，八刹各有特色，绝不雷同。

京西水好。水从太行山下来，到北京，落差五十米，于是潜入地面，为地下水。或有时涌出地面，为喷泉，为湖泊，最后汇入永定河。

玉泉山的水号称天下第一泉。过去，只有皇上可以喝。每天由水夫运到宫里，叫作“御水”。有的大臣塞给水夫一点钱，才能私买一坛“御水”，用以烹茶。

西山八大处五处龙泉庵有泉，清冽甘美，曾有自署“锄月老人”者作《甜水歌》：“……谁凿石罅泻石髓，涓涓汩汩流清泉。……汲来烹茶香且冽，调羹炊黍味弥鲜。或云饮之令人寿，揆之于理宜有焉。……”

住在八大处山庄的客人如果有兴趣，不妨到五处去取两坛水（最好不要用塑料桶），回来品尝品尝，这比一般的矿泉水一定“清冽”得多。以烹茶，不论是杭州的“狮峰龙井”还是武夷山的“大红袍”，一定会更“发”茶味。

其实西山之水，本系一脉，“八大处山庄”前后左右之水，都“清冽甘美”。“或云饮之令人寿，揆之于理宜有焉。”

春花秋叶，鸟啭鱼乐

静鸟投林宿，
闲鱼出水游。
尘飞不到处，
容我小淹留。

“曲径通幽处，禅房花木深”，寺庙都有花木，而且树龄甚老，品种名贵。八大处也是这样。大悲寺有一棵银杏，已经活了八百年，树干须几个人合抱。银杏是远古时期孑遗植物，被称为“活化石”。它生长缓慢，而寿命很长，能活一千年。大悲寺的这棵银杏再活几百年问题不大。大悲寺有一丛“黄皮刚竹”，是稀有竹种。一般竹子到冬天就会脱叶，“黄皮刚竹”经冬不凋，大雪之后，枝叶更加鲜绿。

香界寺大雄宝殿前有娑罗树两株。娑罗树中国很少，老百姓说月亮里的影子就是娑罗树影。在弄楼一侧有一棵玉兰。玉兰在北方不算稀罕，颐和园有很多棵，但八大处只此一棵，故足珍贵。这棵玉兰据说是明代所植，高与楼齐，开花时瓣如玉片，蕊似黄鹅，一树光明，灿烂耀眼。灵光寺花木最盛，有一棵很高的紫薇。紫薇一名“不耐痒树”，也叫“痒痒树”。这种树很怪，它有“感觉”，用指甲挠它的树干，树的全身，枝、叶、花就会微微颤动。八大处牡丹、芍药很多，几乎处处皆有。

到了秋天，可看红叶。红叶不是枫树，是黄栌。黄栌到秋天，树叶就会转为红色。北京人看红叶是秋游盛事，可以说是倾城出动。原来看红叶是在香山，近年西山大力种植黄栌，西山遂为看红叶的第二去处。陈毅元帅有诗云："西山红叶好，霜重色愈浓。"住八大处山庄者，可以去印证印证。红叶深浅层叠，如火如荼，作为摄影的背景，照北京人的话说："没治了！"

鸟鸣山更幽。西山鸟多。"烟雨鹃声"是西山十二景之一。杜鹃在北京不大容易见到。杜鹃的鸣声不同的人听起来不一样。有人说是"割麦插禾"，有人听起来是"不如归去"，有人说它叫的是"光棍好苦"！雨窗静坐，不妨分辨分辨，它究竟叫的是啥。

皇帝行宫

万机之暇且从容，
窄袖轻衣射大弓。
汉武秦皇俱往矣，
尚余松韵入霜钟。

六处香界寺在八处中为最大。这是明清两代帝王登山野游休息的地方，所以殿宇宏大精整。乾隆年间在这里建造了避暑行宫，丹漆彩画，更加华丽。乾隆确曾在行宫住过，哪一年，住了多久，无可查考。

皇帝离开"大内"，到行宫里来住住，干什么呢？无非是参悟佛理，修养精神。乾隆曾在中厅写了一副对联：

山色溪声，净理了可悟；
风清月白，胜赏良有因。

皇帝也很忙，坐朝，看报告（奏折）、批文件（诏书），他需要一个地方休休假，“躲清静”。

皇帝休假，除了学佛、读书，还要习骑射。清代以弓箭取得天下，入关以后，皇族还一直保持这种家规。清宣宗（道光）画“习射”像，自题：

几闲弧矢每操持，
家法勤修志莫移。

《红楼梦》里的贾宝玉也还是要练射箭的。

从现存的几代大清皇帝的“行乐图”看，皇帝射过鹿，射过雁，射过雉（野鸡），射过兔子，甚至射过不大点的凫（野鸭子），目的自然不在猎取野味，只是消遣消遣，抻练筋骨，不使自己懒得“放肉”而已，——清代的帝王都长得精瘦精瘦的，不像明朝皇帝大都是胖子。

除了学佛、读书、骑射，皇上还会鼓捣一点小玩意儿，比如养蝈蝈。北京贵族养蝈蝈养在匏器（葫芦）里，外表精致，里面还有“胆”。“胆”是金属细丝编织的。一般是铜丝、银丝编织的。皇上玩，“胆”大概是金丝的。

西山出产的蝈蝈，个儿大，皮色黑，声音洪亮，是有名的“铁皮蝈蝈”。蝈蝈养好了，能越冬。大雪纷飞之际，把蝈蝈取出来，听听蝈蝈叫，也是个乐儿。住在八大处山庄的诸公，有没有兴趣弄几个蝈蝈来养养？

冬天宫里还有一种消遣，填“九九消寒图”。一张长方形的白纸，打了格子，双钩九个楷字：

庭前垂
柳珍重
待春风

这九个字都是九笔。双钩的是翰林院的学士。皇帝每天用朱笔填廓一笔，填满一字，就在字的右下侧注明，何时开始数九，那天天气如何，阴晴雨雪。把这九个字都填满了，九九八十一天，冬天就过完了。这本是皇家消闲遣兴的玩意儿，后来传到民间。八大处的售品部似可刷印一些双钩“九九消寒图”，让外地人填着玩。

中国民间对“数九”也很重视，各地都有“九九歌”（“九九歌”都是写得很美的，希望有人编一本《中国民间九九歌》，这是极好的民间诗歌）。华北农村常见的“九九歌”是：

一九连二九，相逢不出手

（天气已冷，彼此见面，不伸出手来，只是在袖筒里作揖）。

三九四九，牙门唤狗

（“牙门”是开一点门缝）。

五九六九，沿河看柳。

七九河开，八九雁来

（塞北人说：七九河开河不开，八九雁来雁准来）。

九九加一九，耕牛遍地走

（开始春耕）。

中国原是农业社会，“九九歌”反映了农村生活的特点，皇帝填廓的“消寒图”则完全表现出闲豫的情趣，和老百姓生活距离得很远了。

皇家生活是极端奢侈的。拿吃来说，溥仪一家六口人一个月要用三千九百六十斤肉，三百八十八只鸡鸭。溥仪曾找出一张“早膳”（即午餐，宫里一天只吃两顿饭）的菜单，内容如下：

口蘑肥鸡　三鲜鸭子　五柳鸡丝　炖肉　炖肚肺

肉片炖白菜　黄焖羊肉　羊肉炖菠菜豆腐　樱桃肉山药

炉肉烧白菜　羊肉片汆小萝卜　鸭条熘海参　鸭丁熘葛仙米

烧慈姑　肉片焖玉兰片　羊肉丝焖疙瘩丝　炸春卷

黄韭菜炒肉　熏肘花小肚　卤煮豆腐　熏干丝　烹掐菜

花椒油炒白菜丝　五香干　祭神肉片汤　白煮塞勒　烹白肉

这么多东西，一个人怎么吃得完？溥仪的菜单还算少的，慈禧一个人要一百多样。这些菜肴只是显排场，摆样子的，太后、皇上是不吃的。他们各有膳房，另做爱吃的菜。慈禧就爱吃李莲英做的烩鸭条。据说宫里的炒豆芽菜是用缝被窝的大针扎出小孔，把肉泥挤进去炒的。有这种可能。

饭菜做而不吃，衣服做而不穿。据溥仪回忆，从十月初六至十一月初五，给他做的衣服就有：皮袄十一件、皮袍褂六件、皮紧身二件、棉衣裤及紧身三十件。

清室帝后都爱听戏。宫里有几处戏台。最大的是颐和园的畅音阁，台有三层。宫里有专门培养演员和排戏的地方，叫作“昇平署”。演员都是由聪明俊秀的小太监里选拔的。原来唱的是昆山腔、弋阳腔，后来逐渐改为皮黄。有时也把外面的名角传到宫里去“当差”，叫作“外学”。谭鑫培、杨小楼都到宫里唱过戏。唱好了，慈禧就降旨：“赏。”唱不好就“传杆子”——用竹竿打屁股。

皇室中有不少自己会唱戏的，称为“票友”。红豆馆主（溥侗）就是一代名票。不但“文武昆乱不挡”，除了武生、花脸，还能唱青衣。不少京剧名角都向他请教过。

北京有很多旗人（满族）。旗人不治生业，不种地，不会手艺，不做买卖，只是按时去领皇粮，叫作“铁杆庄稼”。他们的本事就是玩，玩得非常讲究，非常精致。架鹰，逮獾子。玩鸟，各种鸟，有听叫的，有观赏的，有打弹的，——包括玩鸟笼、鸟食罐。玩鼻烟壶，瓷的、玛瑙的、“内画”料器。鼻烟壶只是把玩，并不真的装鼻烟。一只名贵的烟壶一装鼻烟就毁了。玩蛐蛐，玩蝈蝈……

蝈蝈养在葫芦里，随时在怀里揣着。

匏器（葫芦）作为玩意儿摆设大概是清代以后的事。在葫芦长成之前外面套了木刻的模子，让葫芦依着模子长，可以长成长方的、四棱的、八角的、三代彝器样子。葫芦外壳有各种图案，也都是在模子上抠出来，让它照样长的，不是用刀刻的。

民国以后，再无皇粮可领，“铁杆庄稼”倒了，旗人大都败落了下来。但是他们都还保留着旗人的生活习惯。喝黄酒要吃红白豆腐（炖肉只能喝白酒）。吃炸酱面要有十几样“菜码儿”，顶花带刺的嫩黄瓜、青豆、小萝卜缨儿……吃一碟水疙瘩丝，也要切得头发那么细。

旗人是可以看出来的，他们大都是瘦高个儿，窄长脸，眼细而长。“高帝子孙多隆准”，皇室的“旧王孙”大都是高鼻梁。

西山住过两个有名的旗人。

一个是曹雪芹。曹雪芹的故居究竟在哪里，没有人说得准，但他在西山住过是可以肯定的。曹雪芹晚年很穷，“举家食粥酒常赊”，但是他在这样清贫的生活中，还能“著书黄叶村”，写出了《红楼梦》这样不朽的名著，真是了不起。在八大处山庄一带走走，说不定脚下曾是曹雪芹散步过的小路。

另一个名人是画家溥心畬，他画山水多，与张大千齐名，并称“南张北溥”。他的画常自署“西山逸民”。

古钟和古松

长安寺里花木深，
松叶尖尖硬似针。
长乐钟声犹未尽，
悠悠余韵入禅心。

长安寺始建于明弘治十七年（一五〇四年），初名善应寺，清康熙十年（一六七一年）重修。清代曾任礼部尚书的龚鼎孳所撰碑文称长安寺“规模宏丽，表表杰出”。寺里有两件珍贵的文物：两棵白皮松、一对古铜钟。

白皮松是常绿乔木，叶三针一束，粗硬，摸起来扎手。特点是外面的树皮老后，即成片脱落，露出内皮，颜色如新割的铅，故又称“铅松”。内皮若云斑，很美。北京有不少棵白皮松，但树龄比长安寺更老的，似很少。这两棵白皮松是元代所植，至今已有六百年了。白皮松是中国特产，别的国家没有。

钟是明万历二十八年（一六〇〇年）所铸的“御钟”，算来已有四百年了。“万历二十八年”是铸在钟体上的，不会有错。钟现在敲起来声音还很浑厚悠远，好像这四百年对它没有什么影响。

面对古钟、古松，会令人想起时间的飞逝，生命的修短，想起不朽，想起永恒。不同的游客会生出不同的感慨，但一般都不会无动于衷。

四百年前钟，
六百年前松。
手抚白皮松，
来听古铜钟。
钟声犹似昔，
松老不中空。
人生天地间，
当似钟与松。
荣名以为宝，

勉立肤寸功。

解得其中意，

物我皆不穷。

虎山杏海

长安寺后有山，不高，山形似伏虎，名曰虎山，亦曰虎头山、虎头岩。山前有一片杏树，约有千株。杏花本没有什么好看的，但一千棵杏树，都开了花，那可是很壮观了。杏花色红而浅，但深浅亦有层次。远望一片浅红的海，如云蒸霞蔚，使人目眩神移。杏花易零落，偶有微风，便纷纷扬扬落下细碎的花瓣，从杏林走过，头上、肩上都会蒙了一层，真是“拂了一身还满”。

山里人栽杏树可不是为了看花，是为了让它结杏儿的。春末夏初，杏儿次第成熟，住在一处的人可以接连不断地吃到各种品种的杏儿：麦黄杏、香白杏、杏儿吧嗒……都是树熟，即在树上熟透了的新鲜杏。这样的杏，是在城里水果摊上买不到的。北京人还有一个习惯，买大香白杏一篮，选出个大体圆的，放在大白瓷盘里，置于条案上，不是为了吃，是为了闻香。屋里有一盘香白杏，随时随刻，都散发出一阵一阵甜香。外地人在一处闲住者，不妨也仿老北京一样，在客厅里“供”一盘香白杏，享受一下北京的甜香。

有的杏不是为了吃它的“肉”，而是要取其杏仁。

北京杏仁的吃法有：五香炒杏仁、盐煮杏仁、杏仁茶（与米浆同煮成糊）、杏仁豆腐（杏仁浆凝结，切薄片，下菠萝汁，是甜菜）。寓居一处的南方人都不妨尝试，用广东人的说法，是“好嘢”！

野　餐

野餐得野趣，
山果佐山泉。
人世一杯酒，
浮生半日闲。

西山随处可野餐。

由一处至二处，游人极少停留，住一处者到这里野餐，最为方便。

一处至二处之间，无乔松大树，只有一些紫穗槐之类的灌木，但亦有野趣。

野餐不宜丰盛。最好带一笸箩新棒子面贴饼子，几块“大腌萝卜”，荤菜也以最平民化的蒜肠、粉肠、猪头肉为好。胃口好的，带两只德州脱骨烧鸡也无妨。天福的酱肘子也对付。要带几瓶矿泉水。酒，二锅头就行了。人头马XO当然不错，但跑到西山这样的野地方喝XO，不对景。

一、二处之间无果树，但满山遍野有很多酸枣。自己去摘，一会儿的工夫，就能摘一大堆。西山酸枣，粒大味甜。主要是：新鲜。手摘的野果，吃起来，别有滋味。

西山榛莽丛草中多蝈蝈。蝈蝈肥大多子，大肚，故称“大肚蝈蝈”。捉大肚蝈蝈几十个，折枯树枝一堆，点火，把蝈蝈投入，不一会儿，即烧熟。这是放羊孩子的吃法。烧蝈蝈，蘸盐花，喝二锅头，就贴饼子，人间至味！

后　记

门对清风，户绕流泉。梵宇为邻，桑麻可话。子贡生涯，陶朱事业。既隐于市，亦隐于山。人在图画之中，神游红尘之外。居此福地，宜登寿域。编是书讫，聊贡余言。

一九九三年底

注释

原载《北京文学》二〇一八年第五期。

钓鱼台

我在钓鱼台西边住了好几年，不知道钓鱼台里面是什么样子。

钓鱼台原是一片野地，清代，清明前后，偶尔有闲散官员爱写写诗的，携酒来游。这地方很荒凉，有很多坟。张问陶《船山诗草·闰二月十六日清明与王香圃徐石溪查苗圃小山兄弟携酒游钓鱼台看桃花归过白云观法源寺即事二首》云“荒坟沿路有，浮世几人闲”，可证。这里的景致大概是：“柳枝漠漠笼青烟，山桃欲开红可怜。人声渐远波声小，一片明湖出林杪”（《船山诗草·十九日习之招国子卿竹堂稚存琴山质夫立凡携酒游钓鱼台》）。不知道从什么时候起，逐渐营建，最后成了国宾馆。

钓鱼台的周围原来是竹竿扎成的篱笆，竹竿上涂绿漆，从篱笆窟窿中约略可见里面的房屋树木。“文化大革命”初期，不是一九六六年就是一九六七年，改筑了围墙，里面就什么也看不见了。围墙上安了电网，隔不远有一个红灯泡。晚上红灯一亮，瞧着有点瘆人。围墙东面、北面各开一座大门。东面大门里是一座假山；北面大门里砌了一个很大的照壁，遮住行人的视线。照壁上涂了红漆，堆出五个笔势飞动的金字：“为人民服务”。我每天要从“为人民服务”之前经过，觉得照壁后面，神秘莫测。

钓鱼台原来有一座门，靠南边，朝西，像一座小城门，石额上有三个馆阁体的楷书：“钓鱼台”。附近的居民称之为“古门”。这座门正对玉渊潭。玉渊潭和钓鱼台原是一体。张问陶诗中的“一片明湖出林杪”，指的正是玉渊潭。玉渊潭有一条贯通南北的堤，把潭分成东西两半，堤中有水闸，东西两湖的水是相通的。原来潭东、潭西和当中的土堤都是可以走人的。自从江青住进钓鱼台之后，把挨近钓鱼台的东湖沿岸都安了带毛刺的铁丝网，——老百姓叫它“铁蒺藜”。铁蒺藜是钉在沿岸的柳树上的。这样，东湖就成了禁地。行人从潭中的堤上走过时，不免要向东边看一眼，看看可望而不可即的钓鱼台，沉沉烟霭，苍苍树木。

“四人帮”垮台后，铁蒺藜拆掉了，东湖解放了。湖中有人划船、钓鱼、游泳。东堤上又可通行了。很多人散步、练气功、遛鸟。有些游人还爱扒在古门的门缝上往里看。警卫的战士看到，也并不呵斥。有一年，修缮西南角的建筑，为了运料方便，打开了古门，人们可以看到里面的养元斋，一湾流水，几块太湖石，丛竹高树。钓鱼台不再那么神秘了。

原来的铁蒺藜有的是在柳树上箍一个圈，再用钉子钉上的，有一棵柳树上的铁蒺藜拆不净，因为它已经长进树皮里，拔不出来了。这棵柳树就带着外面拖着一截的铁蒺藜往上长，一天比一天高。这棵带着铁蒺藜的树，是“四人帮”作恶的一个历史见证。似乎这也像经了“文化大革命”一通折腾之后的中国人。

一九八七年八月十七日

注释

原载一九八七年十一月二十三日香港《大公报》。

水　乡

少年橐笔走天涯，
赢得人称小说家。
怪底篇篇都是水[1]，
只因家住在高沙[2]。

① 法国安妮·居里安女士翻译了我的几篇小说，她发现我的小说里大都有水。
② 高邮旧亦称高沙。

编后记

我接手主编这套丛书的时候，有几分惶恐，有几分欣慰。惶恐的是怕汪迷嗤之以鼻，谓自身几斤几两皆不知，还能充当主编。欣慰的是，我虽从未走出高邮，但因一直守望乡土，拥有许多文友的呵护与支持，拥有父母官和汪老家人的关注和信任。我便有了特殊的自信，自踏入文艺界三十多年来，常常心想事成，要干的事总能干成干好。

高邮赵德清君，并非我的学生，他却以师相待。近年，他开设了“汪迷部落”微信公众号，分设出“文化旅游”“美食”“影视音乐书画”三个专题群，高邮“汪迷群”与上海、北京、扬州等地十多个“汪迷群”、文学文艺爱好者群建立了联系，在网络世界里，世界各地的汪曾祺文学爱好者的相互交流日益加强，“汪迷部落”二〇一九年十一月二十六日关注量达一万四千二百三十九人次。

在此书付梓之际，我由衷感谢出版社领导和编辑的认可及调整。为编此书，数月来，重温汪老的各类作品，反复揣摩，从中选取经典之作。我虽已届耄耋之年，体弱多病，但愿意接受这一劳心费力的挑战，善始善终地完成这“玩命”（家人语，你忙得要书不要命）的工作，要一“玩”到底。我也诚心欢迎广大读者指正，如此幸甚！

陈其昌

二〇一九年十二月六日